国民阅读经典

楚辞译注

李山 译著

中华书局

图书在版编目(CIP)数据

楚辞译注 / 李山译注 . —北京:中华书局,2018.8(2020.4重印)
(国民阅读经典)
ISBN 978 - 7 - 101 - 13365 - 3

Ⅰ.楚… Ⅱ.李… Ⅲ.①古典诗歌 – 诗集 – 中国 – 战国时代
②楚辞 – 注释   Ⅳ.I222.3

中国版本图书馆 CIP 数据核字(2018)第 161873 号

书　　名　楚辞译注
译 注 者　李　山
丛 书 名　国民阅读经典
责任编辑　聂丽娟　马　燕
出版发行　中华书局
　　　　　(北京市丰台区太平桥西里 38 号　100073)
　　　　　http://www.zhbc.com.cn
　　　　　E-mail:zhbc@zhbc.com.cn
印　　刷　北京市白帆印务有限公司
版　　次　2018 年 8 月北京第 1 版
　　　　　2020 年 4 月北京第 2 次印刷
规　　格　开本/880×1230 毫米　1/32
　　　　　印张9⅝　插页2　字数240千字
印　　数　6001–12000 册
国际书号　ISBN 978 - 7 - 101 - 13365 - 3
定　　价　28.00 元

出版说明

　　在二十一世纪的当代中国，国民的阅读生活中最迫切的事情是什么？我们的回答是：阅读经典！

　　在承担着国民基础知识体系构建的中国基础教育被功利和应试扭曲了的今天，我们要阅读经典；当数字化、网络化带来的"信息爆炸"占领人们的头脑、占用人们的时间时，我们要阅读经典；当中华民族迈向和平崛起、民族复兴的伟大征程时，我们更要阅读经典。

　　经典是我们知识体系的根基，是精神世界的家园，是走向未来的起点。这就是我们编选这套《国民阅读经典》丛书的缘起，也因此决定了这套丛书的几个特点：

　　首先，入选的经典是指古今中外人文社科领域的名著。世界的眼光、历史的观点和中国的根基，是我们编选这套丛书的三个基本的立足点。

　　第二，入选的经典，不是指某时某地某一专业领域之内的重要著作，而是指历经岁月的淘洗、汇聚人类最重要的精神创造和知识积累的基础名著，都是人人应读、必读和常读的名著。

第三，入选的经典，我们坚持优中选优的原则，尽量选择最好的版本，选择最好的注本或译本。

我们真诚地希望，这套经典丛书能够进入你的生活，相伴你的左右。

中华书局编辑部

二〇一八年五月

目录

Chuci Yizhu

离　骚

　　《离骚》，屈原自叙政治遭遇和心灵求索的长篇抒情诗。"离骚"的含义，历来有离别之忧愁、遭遇忧愁、牢骚、牢商（楚古曲名）以及遭愁等说法。其中当以第一说即离愁说最可取。考诸作品内容，诗人在遭受政治上的挫折后，内心始终有一个解不开的结，即是否离开楚国。诗中请灵氛占卜，请巫咸决断，都不过是要解开这一心中的结。如此也可以说"离骚"是"离与不离"或更准确地说是"离不开"的愁苦。关于《离骚》的创作年代，一说是在被楚怀王疏远之后，一说是在楚怀王死后、顷襄王继位之初。材料不足，难以定论。

帝高阳之苗裔兮，　　　古帝王高阳的后裔啊，

朕皇考曰伯庸①。　　　我的先父名叫伯庸。

摄提贞于孟陬兮，　　　岁星在寅那年的寅月，

惟庚寅吾以降②。　　　庚寅那天我降生。

皇览揆余初度兮，　　　先父察看我初生的器宇，

肇锡余以嘉名③：　　　思谋并赐予我佳名：

名余曰正则兮，　　　　为我命名称"正则"，

字余曰灵均④。　　　　为我取字叫"灵均"。

纷吾既有此内美兮，　　我已有如此众多的内在美质，

又重之以修能⑤。　　　又努力增修美好的仪容。

扈江离与辟芷兮，　　　披上江蓠和白芷，

纫秋兰以为佩⑥。　　　编织秋兰作佩饰。

【注释】

①帝高阳：帝颛顼，传说的"五帝"之一。据《史记·楚世家》，帝高阳为黄帝之孙，是楚国芈姓贵族的远祖。其世系为：颛顼（高阳）—称—卷章—重黎—吴回（重黎之弟）—陆终—季连（陆终六子之一，楚芈姓之先）。屈原家族为楚国同姓分支，都是帝颛顼的后代。由这两句可知，远古时期，楚国也是中原人群之一。他们来到江汉一带，是迁移的结果，至于迁移时间，据考古发现大约在夏商交替之际。苗裔（yì）：植物的茎叶为苗，衣服

最下面的襟为裔；苗裔即遥远祖先的后代。兮：感叹词，相当于"啊"，楚辞常见，或用于句中，或用于句尾。朕（zhèn）：我。先秦时期贵贱通用的第一人称形式，秦以后才为帝王专用。皇考：亡父之称。旧说皇考系远祖的尊称，然据春秋时楚国铜器铭文，皇考皆为亡父之称。伯庸：诗中之"我"的父亲。一说即火神祝融，据《史记·楚世家》，楚国贵族的远祖曾为火正，号祝融。　②摄提：摄提格的简称。古代用子、丑、寅、卯等十二地支将天官划为十二等分，用岁星（即木星）在天空运转所指向的十二等分中的某一区间来纪年。岁星指向寅这一区间的年份，称为摄提格，即岁星在寅这一年。贞：当，指向。孟陬（zōu）：夏历正月的别名；夏历的每年第一个月，在十二地支中为寅。惟：语助词，先秦时期习惯用法。庚寅：干支纪时日，六十为一甲子周期。庚寅是诗中之"我"的降生日。《史记·楚世家》："帝乃以庚寅日诛重黎，而以其弟吴回为重黎后，复居火正，为祝融。"可知重黎、吴回之后寅日在楚国十分重要而神圣。由此可知，诗中之"我"为祝融，换言之，诗人以祝融自比，以强调自己对楚国的重要。降：降生世间。降字先秦时期一般用作神灵降世，此处当系活用。　③皇：即上文皇考的简称。一说媓即母亲。据《方言》及《广雅·释亲》，母亲称媓。为孩子命名一般是父亲的事，此处由母亲，或为母系社会遗俗。览：观察。揆：测度。初度：初生时的气度。诗中人以寅年、寅月、寅日生，大吉大利，气度不凡。下文的"内美"即据"朕"出生不凡而言。肇（zhào）：谋。金文常见。一说肇同兆，即占卜，古人起名字要占卜。锡：赐予。古代"锡"、"赐"往往通用。嘉名：美好的名字。一说乳名。　　④正则：屈原名平，正则即含着"平"字的意思。灵均：屈原字原，古代称高而平的土地为原，灵，有善的意思，灵均两字内含着"原"字。以上八句，从远古族属、出生日期以及名字由来等方面，强调"朕"的出处不凡。寅年寅月寅日出生，或许是巧合，也可能是诗人借此表明自己的降生，犹如诛重黎而吴回复为火正祝融一样，对楚国有非凡的意义。如此表现"我"之不凡，是为下文精神漫游求索做铺垫。

⑤纷：繁盛，形容后面的"内美"两字。将形容词提前，是楚辞的特有语法。内美：内在的美好品质。重（chóng）：加上，增多。修：美好。能：态的异体字，即态。修态即美好的仪态、容貌。指下文佩戴香草等行为。一说"能"指才能，读音与"乃"相近。　　⑥扈（hù）：披戴。江离：离，一本作蓠，一种生在江边的香草，故称江离，又名蘪芜。辟芷（zhǐ）：芷是香草，辟同僻，偏僻，即长在幽僻之地的香草。纫（rèn）：本义是绳索，在此作动词用，联缀的意思。佩：佩戴，装饰，象征自己的德性。

汩余若将不及兮，　　　　　匆匆然我总怕虚度时光进程，

恐年岁之不吾与^①。	惟恐短暂的岁月一去不再逢。
朝搴阰之木兰兮，	清晨，拔取山丘的木兰，
夕揽洲之宿莽^②。	傍晚，采撷水洲经冬的紫苏。
日月忽其不淹兮，	日月匆匆不停留，
春与秋其代序^③。	春与秋轮替相往复。
惟草木之零落兮，	想到草木将凋零，
恐美人之迟暮^④。	担心美人也年衰。
不抚壮而弃秽兮，	何不趁年壮抛弃身上污秽，
何不改乎此度^⑤？	以改变如此的疲态？
乘骐骥以驰骋兮，	乘着骏马驰骋吧，
来吾导夫先路^⑥！	让我在前边把路带！

【注释】

①汩（yù）：疾行的样子，此处形容时光流逝。若将不及：好像跟不上时光的流逝，即害怕时光虚度的意思。不吾与：不与吾的倒文，时光不等待我的意思。　②搴（qiān）：拔取。阰（pí）：平顶的小山丘。楚方言。木兰：香木的一种，花状像莲，又称辛夷。揽：采摘。洲：河流中的小岛叫洲。宿莽：香草名，经冬不死，又名紫苏，楚语称作莽。木兰去皮不死，紫苏拔心不死，两者都有贞固的品性，故诗人用来作修身之物。楚地产灵草可以通神，所以，《左传》等文献记载楚向周王朝进贡包茅。佩戴香草，

是通灵的表现，所以《离骚》用来比拟修身，带有强烈的巫觋色彩，是楚辞表现上的特点之一。　　③忽：迅速的样子。淹：停留。代序：序，次；代序即次第相代。　　④惟：思虑。零落：凋零。美人：美是壮盛的意思，美人指壮年的人。《离骚》中美人一词有时指代楚王，有时自指，有时也用来称呼美好的人。此处应指楚王。迟暮：指年老。　　⑤抚：趁着。秽：本义指污秽之物，在此指楚国的秽政。此度：即上一句"不抚壮而弃秽"的态度。一说指现行的体制法度。　　⑥骐（qí）骥：骏马。比喻那些治理国家的贤才。来：招。导：引导。夫：语气词。先路：走在路之先，即为王前驱的意思。

昔三后之纯粹兮，	古时三王美德无瑕，
固众芳之所在①。	本有群贤环绕周围。
杂申椒与菌桂兮，	兼容花椒与肉桂，
岂维纫夫蕙茝②！	岂只佩带白芷和兰蕙？
彼尧舜之耿介兮，	那唐尧虞舜光明正直，
既遵道而得路③。	遵循正道而得坦途。
何桀纣之猖披兮，	夏桀商纣何等的猖狂放纵，
夫唯捷径以窘步④。	只因贪图捷径而困住脚步。
惟夫党人之偷乐兮，	结党小人享乐偷安，
路幽昧以险隘⑤。	前途昏暗而又狭险。

岂余身之惮殃兮，	难道我是害怕自己遭殃，
恐皇舆之败绩⑥！	怕的是国家倾覆灭亡！
忽奔走以先后兮，	匆忙奔走在君主前后，
及前王之踵武⑦。	为使您踏着圣王足迹走。

【注释】

①三后：后，君主；三后具体所指，说法不一，据近年楚地所出竹简，三后为老童（即卷章）、祝融（重黎和吴回之号）和鬻熊。旧说为熊绎、若敖、蚡冒，或黄帝、颛顼、帝喾。纯粹：指德行粹美、完善。众芳：比喻众多贤能的人。在：汇集。　②申椒：椒，香料，即今天的花椒；申字，一说为楚地名。菌桂：香木名，桂的一种，白花，黄蕊。岂维：表示反问的语助词。夫：语助词。蕙：香草名，又名薰草，生长在地湿处，麻叶，红花，黑籽。气味如同蘼芜。茝（chǎi）：香草，与芷同。申椒、菌桂、蕙、茝等都指代的是贤人，即上文所谓"众芳"。　③耿介：耿，光明；介，正大。耿介即光明正大。遵：循。道：正途。路：大路。　④何：何等，多么。桀纣：桀是夏代最后一位君主，纣是商代最后一位君主，他们都因昏聩残暴而亡国。桀纣两字为一切邪恶君主的代名词。猖披：猖，狂妄；披，借作"诐（bì）"，偏邪的意思。唯：只。捷径：歧出的小路，即不正的邪路。窘步：困窘失足。　⑤党人：古代的党人指朝廷中为私利

而结成帮派的人。偷乐：苟且享乐。幽昧：黑暗。以：而。"惟夫党人"，一本无"夫"字。　　⑥惮：惧怕。殃：灾祸。皇舆：帝王坐的车，比喻国政。败绩：古代使用战车作战，车辙大乱是溃不成军的表现，为先秦时常用的军事术语，在此指国家的败亡。"皇舆"与"败绩"连用，用词讲究。　　⑦忽：急匆匆的样子。奔走先后：效力左右的意思，仍是从"皇舆"一语生发而来。及：赶上。前王：即前文所提到的"三后"。踵武：踵，脚后跟；武，足迹；踵武指前王的足迹、路途。

荃不察余之中情兮，	君王你不体察我的苦心，
反信谗而齌怒①。	反信谗言对我暴怒。
余固知謇謇之为患兮，	我早知耿耿进言会招来灾祸，
忍而不能舍也②。	想要忍心放弃却忍不住。
指九天以为正兮，	遥指苍天为我作证，
夫唯灵修之故也③。	这全是为了君的缘故！
［曰黄昏以为期兮，	［原说是约定在黄昏，
羌中道而改路④。］	谁知你中途却改主意。］
初既与余成言兮，	当初你已和我有了约定，
后悔遁而有他⑤。	却反悔而另走他途。
余既不难夫离别兮，	我本不因离别而害怕，
伤灵修之数化⑥。	伤心的是君主你的屡屡变卦。

【注释】

①荃（quán）：石菖蒲一类的香草，又名荪，这里用来指代楚怀王。中情：忠心之情。齌（jì）怒：本义为猛火煮饭，在此为盛怒、暴怒的意思。　②謇（jiǎn）謇：楚语；本义是因口吃而说话艰难的样子，此处用以形容自己忠言难表之态。　③九天：九重天。正：证。灵修：楚人称神灵为灵修，此处指代楚怀王。　④"曰黄昏"两句是衍文。期：约定。羌：楚语，表转折的意思，犹如今语的"却"。　⑤成言：约定好的言辞。悔遁：遁，逃跑；悔遁在此是背弃成言的意思。他：其他，另有打算的意思。　⑥难：惧怕；不难离别即不怕离别。伤：悲伤，哀伤。数（shuò）化：总是改变，反复无常。

余既滋兰之九畹兮，	我既栽种了数万亩的兰芝，
又树蕙之百亩①。	又种植了百亩的蕙草。
畦留夷与揭车兮，	畦畦栽种了留夷和揭车，
杂杜衡与芳芷②。	还杂植了杜衡与白芷的苗。
冀枝叶之峻茂兮，	希望芳草枝叶婆娑，
愿俟时乎吾将刈③。	盼着到时能有收获。
虽萎绝其亦何伤兮？	虽凋谢干枯又何妨？
哀众芳之芜秽④。	伤心的是群芳荒芜变得污浊。
众皆竞进以贪婪兮，	人人都竞相钻营来满足贪欲，

凭不猒乎求索⑤。　　　　追逐索取从不满足。

羌内恕己以量人兮，　　　宽饶自己却苛责别人，

各兴心而嫉妒⑥。　　　　各怀鬼胎相互嫉妒。

忽驰骛以追逐兮，　　　　追逐奔走追利贪名，

非余心之所急⑦。　　　　却不是我热衷的路途。

【注释】

①滋：培植。畹（wǎn）：田亩单位，三十亩为一畹，一说二十亩。树蕙：屈原曾为楚三闾大夫，负责贵族子弟的教育，树蕙指的是对贵族子弟的培育。　　②畦：四面有田界的块状田地叫畦。此处为动词，一畦一畦地种植。留夷、揭车：都是楚地所产香草。杜衡：状与葵相似的一种香草，俗称马蹄香。　　③冀：期待。峻：长大，高大。俟：等待。刈（yì）：收割。　　④萎绝：枯死。何伤：无伤，无妨。哀：悲哀。芜秽：因荒芜而污秽，有变质的意思。这两句是说自己培养的贤才改变了节操而与恶势力同流合污了。　　⑤凭：满，楚语。猒：同"厌"，满足。求索：索取。　　⑥羌：发语词，楚语。恕：宽饶。量人：衡量他人。此句言小人对自己宽恕对别人严格。兴心：起心，打主意。　　⑦驰骛（wù）：驰骋，奔走追逐。

老冉冉其将至兮，　　　　衰老渐渐地就要来临，

恐修名之不立①。	恐慌的是美名不彰显。
朝饮木兰之坠露兮，	清晨啜饮木兰滴下的甘露，
夕餐秋菊之落英②。	傍晚采食秋菊初绽的花瓣。
苟余情其信姱以练要兮，	只要我情感真实美好精粹，
长顑颔亦何伤③。	长期形神憔悴也无所谓。
擥木根以结茝兮，	采撷木兰根来编结香佩，
贯薜荔之落蕊④。	串起薜荔落下的嫩蕊。
矫菌桂以纫蕙兮，	竖立菌桂来连结蕙草，
索胡绳之纚纚⑤。	把胡绳搓得长又美。
謇吾法夫前修兮，	我效法的是先贤，
非世俗之所服⑥。	不同于世俗的穿着。
虽不周于今之人兮，	即便不投合当今的人，
愿依彭咸之遗则⑦。	也愿追随彭咸以为楷模！

【注释】

①冉冉：渐渐。 ②落英：初生的菊花，落为初始义，至今犹存，如房屋落成之落等。 ③信：真实。姱（kuā）：美好。练要：精粹。顑颔（kǎn hàn）：面色憔悴黄瘦的样子。 ④擥（qiān）：同"揽"。木根：木兰的根。结：系。贯：穿。薜荔：一种蔓生的香草。蕊：花心。 ⑤矫：高举。索：搓绳子，动词。胡绳：香草，可以做绳；索胡绳是说把胡绳搓成绳子。纚

（xǐ）纚：绳索编织整齐好看的样子。　　⑥謇：发语词。法：取法，效法。前修：前代的贤人。服：佩带，指前文所说的服饰和服食。　　⑦周：合。彭咸：殷商时期的贤人，据说他上谏国君不听，投水自杀。又据《吕氏春秋·直谏篇》，楚文王大臣葆申强谏文王，文王不从，葆申"趣出，自流于渊，请死罪"。屈原此处言彭咸，表明自己将沉渊自杀，正与葆申的"自流于渊"之意相同。遗则：遗留的法则、榜样。

长太息以掩涕兮，	长叹一声两泪双流，
哀民生之多艰①。	哀伤人生是这样的艰难！
余虽好修姱以鞿羁兮，	虽然努力修身自我约束，
謇朝谇而夕替②。	早上进谏晚上就遭贬。
既替余以蕙纕兮，	既因佩带蕙草贬逐我，
又申之以揽茝③。	又加上采集香草的罪。
亦余心之所善兮，	只要是我真心所喜爱，
虽九死其犹未悔④。	为之死去多次也不后悔。
怨灵修之浩荡兮，	怨恨君主糊涂荒唐，
终不察夫民心⑤。	终究不体察人的衷肠。
众女嫉余之蛾眉兮，	那群女人嫉妒我有弯长的美眉，
谣诼谓余以善淫⑥。	造谣诋毁我生性淫荡。

【注释】

①太息：长长的叹息。民生：有多种解释：一说民生即人生，指诗人自己，艰，指艰难；一说民指百姓，民生多艰即百姓生活苦难；又一说民生指同朝小人，艰指其人心险恶。当以第一说为佳。　②靰（jī）羁：靰是马缰绳，羁是马络头；靰、羁在此作动词，自我约束的意思。朝：早晨，与夕字相对成文。谇（suì）：进谏。替：废除，撤职。　③镶（xiāng）：佩带。蕙即用蕙草制成的带子。申：重申，再加。　④亦：语助词。善：爱好。九死：多次死去，九表示多。　⑤浩荡：大水横流的样子，比喻楚王的恣意妄为；犹今语所谓荒唐。民心：人的内心。　⑥众女：指代朝中的小人们。蛾眉：蛾指蚕蛾，蚕蛾的须细长弯曲，所以常用来形容女性的眉毛。在此蛾眉字面上是说自己的美丽，实际是指自己的美好品质。诼（zhuó）：诽谤。

固时俗之工巧兮，	当今流俗本就善于取巧，
偭规矩而改错①。	违背规矩又改变举措。
背绳墨以追曲兮，	背弃规则追逐邪曲，
竞周容以为度②。	把竞相苟合取容奉为生存准则。
忳郁邑余侘傺兮，	忧愁烦闷我心神不宁，
吾独穷困乎此时也③。	唯我贫穷困顿在这样的年代。
宁溘死以流亡兮，	宁愿猝然死去顺水漂流，

余不忍为此态也④。	我也不忍做出同样的丑态。
鸷鸟之不群兮，	猛禽不会与凡鸟们为伍，
自前世而固然⑤。	从很久以前就是如此。
何方圜之能周兮，	方和圆怎么能吻合，
夫孰异道而相安⑥？	志趣不同哪会相安无事？
屈心而抑志兮，	内心委屈志向压抑，
忍尤而攘诟⑦。	忍受罪名承当侮辱。
伏清白以死直兮，	保持清白为正直而死，
固前圣之所厚⑧。	本就是前代圣贤看重的道路。

【注释】

①工巧：善于取巧。俋（miǎn）：违背。规矩：木工的工具，量圆用的为规，量方用的为矩，引申为法度、规则。改错：错通"措"，改错即改变措施。　②绳墨：木工用墨绳弹出直线，引申为规则。追：随。曲：邪曲。周容：无原则地取合。度：法度。　③忳（tún）郁邑：忳，烦闷，在此作副词修饰"郁邑"；郁邑，忧愁。三个形容词连用，是楚辞的特有语法。侘傺（chà chì）：失意的样子。　④溘（kè）死：忽然死去。⑤鸷（zhì）鸟：鹰、鹯一类的猛禽。不群：猛禽总是离群索居，诗人以此来表明自己不与凡庸为伍。　⑥方圜：方，方头的榫；圜即圆，圆形的孔。周：相容。孰：谁，哪能。异道：志向

和操守不同。　　⑦屈：委屈。抑：压抑。尤：责备。攘：取。
诟：耻辱。　　⑧伏：抱，坚守。清白：节操纯洁。死直：为正
直而死。

悔相道之不察兮，	后悔选取路途不够仔细，
延伫乎吾将反①。	踌躇不前我要回返。
回朕车以复路兮，	掉转我的车子折回原路，
及行迷之未远②。	趁着迷途还不算太远。
步余马于兰皋兮，	任马漫步在长满兰草的水边，
驰椒丘且焉止息③。	驰入满是椒树的小丘略作休息。
进不入以离尤兮，	进谏不被采纳反招致罪责，
退将复修吾初服④。	退回来再修补我当初的旧衣。
制芰荷以为衣兮，	用荷叶做成上装，
集芙蓉以为裳⑤。	积荷花缝制下裳。
不吾知其亦已兮，	世人不了解我也罢，
苟余情其信芳⑥。	只要我情操真的芬芳。
高余冠之岌岌兮，	使我的帽子高高上耸，
长余佩之陆离⑦。	把我的佩剑打造得长长。
芳与泽其杂糅兮，	芬芳和污垢就是混杂在一起，
唯昭质其犹未亏⑧。	洁白的质地也不会有损伤。
忽反顾以游目兮，	忽然回首放眼眺望，

将往观乎四荒⑨。	将去游览遥远的四方。
佩缤纷其繁饰兮，	佩着缤纷繁盛的饰物，
芳菲菲其弥章⑩。	馥郁的芳香更加显扬。
民生各有所乐兮，	人生各有自己的爱好，
余独好修以为常。	惟独喜欢圣洁我早就习以为常。
虽体解吾犹未变兮，	即使遭受肢解也不会改变，
岂余心之可惩⑪！	我如此的心志又岂能被挫伤！

【注释】

①相：观察。察：看清楚。延伫：低徊迟疑。反：返。　②复路：回到过去的路。　③步：信步，放开驾车的马使之自在游走。兰皋：长满兰草的河岸。皋，水边的高地。椒丘：长满椒木的土丘；小高地为丘。焉：于是，在此。且焉止息，姑且在这里停留一下。　④进：进仕，指在政治上有所作为。不入：不得入。离尤：离，遭到；尤，罪过；离尤即获罪。退：退隐。与上文"入"字相对。初服：未仕时的服饰。修吾初服，即重新修炼美好品德。　⑤芰（jì）：菱。芙蓉：莲花。裳：下身的衣服。古代服制多为上衣下裳。　⑥不吾知：不知吾的倒文，不理解我。亦已兮：算了吧。　⑦岌（jí）岌：高耸的样子。佩：佩剑。陆离：长长的样子。　⑧芳：芳香；与下文"泽"相对。泽：字应作皽（dù），指腐朽发臭之物。杂糅：夹杂。比喻自己

与小人共处一朝。昭质：清白的品质。亏：残缺。　⑨反顾：回顾，回头看。游目：纵目，放眼。四荒：四方的边际。这句是指重新寻找自己实现理想的地方。　⑩佩：指前文所言包括各种香草在内的佩饰，不仅指长剑而言。菲菲：香气勃发的样子。章：显著。　⑪体解：肢解，古代的一种酷刑。惩：戒惧。

以上为第一段，是实写，叙说诗人的出生、修身及远大志向，表现其被王疏远以及由此而来的失败。满含对黑暗现实的抨击之情。

女婴之婵媛兮，	贴心的女婴气我恼我，
申申其詈予①。	三番五次把我斥责。
曰：鲧婞直以亡身兮，	她说："鲧刚直不顾性命，
终然夭乎羽之野②。	最终惨死在羽山的荒野。
汝何博謇而好修兮，	你何必总爱直言又好修饰，
纷独有此姱节③？	偏偏浑身全是这等品节？
薋菉葹以盈室兮，	野茅杂草堆积了满屋，
判独离而不服④？	为什么偏你特别不肯佩戴？
众不可户说兮，	众人不能逐户去说服，
孰云察余之中情⑤？	谁能体察我们的衷情？
世并举而好朋兮，	世人都相互吹捧营私结党，

夫何煢独而不予听⑥？　　　　你为何已如此孤单连我劝也不听？"

【注释】

①女媭（xū）：侍妾。一说为诗人的姐姐，一说为诗人的妹妹，一说为诗人的女伴。楚地女子好以媭为名，如吕后的妹妹名吕媭。婵媛（chán yuán）：联绵词，因关切而恼怒的样子。申申：重复，一遍一遍地。詈：骂，苦苦劝告。　　②鲧（gǔn）：夏禹父亲名。在禹之前，鲧受帝的命令去治理大水。据《山海经》，为遏制洪水，鲧在没有得到帝命的情况下，擅用帝的息壤来堵洪水，招致帝的震怒，被杀死在羽野。婞（xìng）直：固执不听劝告。亡身：应作"忘身"，不顾生命的意思。终然：终于。夭（yāo）：夭折，死于非命。羽：地名，一说在今山东省蓬莱县东南。历史上关于鲧的评价存在着分歧，在儒家文献如《尚书》中，鲧被称为"四凶"之一，但在《山海经》、《离骚》和《韩非子》等文献中，他又被视为一个奋不顾身的强直之人。　　③博謇：博，多；謇，正直之言；博謇即过分正直的意思。姱（kuā）节：美好的节操。　　④薋（zī）：众草聚集的样子。菉（lù）：又名王刍、菅草，篇中被视为恶草。葹（shī）：一名枲（xǐ）耳，恶草。盈室：满室。判：分别，与他人不同。离：与"判"意思同。服：佩戴。　　⑤户说：挨家挨户地说服。余：我们。　　⑥并举：互相抬举。好朋：好结成朋党。煢（qióng）

独：孤独，不合群。不予听：不听从我。

依前圣以节中兮，	照着前代圣人的规矩坚守正理，
喟凭心而历兹①。	我愤懑长叹这如此的遭际。
济沅湘以南征兮，	渡过沅水湘水再向南行，
就重华而陈词②：	对着帝舜之灵陈述衷情：
启《九辩》与《九歌》兮，	夏启偷了《九辩》和《九歌》，
夏康娱以自纵③。	其子太康贪图安逸纵情享乐。
不顾难以图后兮，	不考虑祸患做长远打算，
五子用失乎家巷④。	五个儿子因此而失去了家园。
羿淫游以佚畋兮，	羿纵欲游乐迷恋打猎，
又好射夫封狐⑤。	又喜欢射取肥大的狐狸。
固乱流其鲜终兮，	淫逸本就少有善终，
浞又贪夫厥家⑥。	寒浞又贪恋上后羿的美妻。
浇身被服强圉兮，	浇强壮雄武浑身是力，
纵欲而不忍⑦。	放纵情欲不能克制自己。
日康娱而自忘兮，	每日寻欢作乐忘乎所以，
厥首用夫颠陨⑧。	他的头颅被人砍落在地。

【注释】

①依：遵循。前圣：即下文提到的重华。以：一本作"之"。节

中：折中，中正。喟（kuì）：叹息。凭心：凭，懑；凭心即愤懑的心。历兹：兹，此；历兹即经受了这般遭遇。　②济：渡。沅、湘：两条水名，都在今湖南境内。南征：南行。以下全是诗人想象之辞。重华：舜的名字。传说舜死在苍梧之野的九嶷山，其地在今湖南宁远境内。诗人向重华陈词，须渡过沅、湘之水向南进发。长沙子弹库战国楚帛书中有"帝俊"二字，学者一般认为"帝俊"即"帝舜"。又，马王堆西汉墓出土的《地形图》，在九嶷山旁特标"帝舜"两字，可知帝舜死葬九嶷山的传说由来已久，至西汉初期犹在南方流传。　③启：夏启，禹之子，继承禹位做了夏的国君。《九辩》和《九歌》：据《山海经》等文献，《九辩》和《九歌》都是天上的音乐，被启偷了带到人间。夏康：太康，夏朝君主，启的儿子。自纵：放纵自己。太康用《九辩》、《九歌》娱乐自己，任情放纵，导致了夏的失国。④不顾难：不顾及后来的灾难。图后：图谋以后的事情。五子：太康的五个儿子。用：因而。家巷：家国，家园。太康在外淫游无度，有穷国的君主后羿趁机夺取了夏的王位。太康的五个儿子因此逃离了京城。据说五子曾作歌悲叹夏的失国，称《五子之歌》。　⑤羿（yì）：有穷国君主，可能来自东方，与神话后羿射日的羿不是一个人。淫游：无节制地游荡；淫，过度。佚畋（tián）：佚，放荡；畋，打猎；佚畋即无节制地打猎。封狐：大狐狸。　⑥乱流：淫乱之流。鲜终：鲜，少；终，善终。浞

（zhuó）：寒浞，羿的臣子。厥：其，指羿。家：家室，妻室。据《左传》记载，羿做了国君后，淫佚无度，不理国政，寒浞指使他的家臣射杀了羿，强占了他的妻室。　⑦浇（ào）：寒浞的儿子。被服：本义是穿戴、装饰，在此有"具备"意。强圉（yǔ）：强壮有力。忍：节制。　⑧康娱：康，大；康娱即无忧无虑地沉湎于享乐。首：脑袋。颠陨：坠落。据载，寒浞强占了羿的妻子后，与她生下了儿子浇，强壮多力，成人后日夜淫游无度，终于被夏康的后代少康杀死，夏恢复王位，史称少康中兴。

夏桀之常违兮，	夏桀违背正道常理，
乃遂焉而逢殃①。	终于遭到了灭国的灾殃。
后辛之菹醢兮，	殷纣把人剁成肉酱，
殷宗用而不长②。	殷商的宗庙香火因此不能久长。
汤禹俨而祗敬兮，	商汤夏禹庄重而恭敬，
周论道而莫差③。	周详地思考大道丝毫不错。
举贤而授能兮，	选拔任命贤良能干的人，
循绳墨而不颇④。	遵循标准从来没有偏颇。
皇天无私阿兮，	上天公正对谁都不偏袒，
览民德焉错辅⑤。	谁有仁德就对谁施助。
夫维圣哲以茂行兮，	唯聪明睿智德行华美，
苟得用此下土⑥。	才能享有这天下的国土。

瞻前而顾后兮，	观察了以前又看后来，
相观民之计极⑦。	考察了百姓的是非标尺。
夫孰非义而可用兮？	哪个不义做法可以采用？
孰非善而可服⑧？	哪种邪恶可以实施？
阽余身而危死兮，	即便身处险境濒临死亡，
览余初其犹未悔⑨。	回顾初衷我也毫无悔意。
不量凿而正枘兮，	不肯为迁就榫眼而削改榫头，
固前修以菹醢⑩。	因此前代贤人被剁成了肉酱。
曾歔欷余郁邑兮，	不断抽泣我抑郁又惆怅，
哀朕时之不当⑪。	哀叹自己没有遇到好时光。
揽茹蕙以掩涕兮，	拿起柔蕙擦拭泪眼涔涔，
沾余襟之浪浪⑫。	泪水簌簌沾湿我的衣襟。

【注释】

①常违：违常的倒文，违背法则的意思；常，法则。遂：终于。焉：语助词。逢殃：遭殃。据《史记》记载，商汤伐夏桀，放之于南巢（今安徽南巢附近）。　②后辛：商纣王，古代帝王称后，纣又称帝辛。菹醢（zǔ hǎi）：本义是腌制肉酱，此处指商纣将人剁成肉酱的酷刑。殷宗：商朝的宗庙祭祀。长：绵延。　③俨：庄重。祗（zhī）：敬畏。指夏禹和商汤这两位开国君主都敬畏上天。周：周详细致。论，讲论，在此有思考选取

的意思。　　④颇：偏差。　　⑤私阿：私亲，偏袒。错：通"措"，施加。辅：扶助。《左传·僖公五年》："皇天无亲，惟德是辅。"与"皇天无私阿"两句意思相同。　　⑥夫维：犹言惟有。茂行：美好的德行。苟得：才得到。用：享有。下土：天下的土地人民。　　⑦相：观察。计极：最终的法则或标准。⑧服：与"行"同义。　　⑨阽（diàn）：临近险境。危死：危亡以至于死。初：初心，本心。其：指代诗人自己。　　⑩凿：木孔。枘（ruì）：木楔。这句的意思是说，枘要插进凿中，如不度量凿的方圆大小，就无法合榫。比喻臣子如不度量国君的贤愚就直言进谏，一定会招致灾祸。　　⑪曾：屡次，不断地。歔欷（xū xī）：抽泣声。不当：不当时，生不逢时的意思。　　⑫茹：柔软。浪浪：泪流不止的样子。

跪敷衽以陈辞兮，　　　　　　跪在地上铺开衣襟陈述衷情，

耿吾既得此中正①。　　　　　耿耿然确信自己正道直行。

驷玉虬以乘鹥兮，　　　　　　驾起玉龙乘着彩凤，

溘埃风余上征②。　　　　　　趁着长风我向天上飞腾。

朝发轫于苍梧兮，　　　　　　清晨从苍梧山出发，

夕余至乎县圃③。　　　　　　傍晚我到达昆仑的悬圃。

欲少留此灵琐兮，　　　　　　想在这神山门前稍作驻停，

日忽忽其将暮④。　　　　　　可惜时光匆匆天将暮。

吾令羲和弭节兮，　　　我让羲和停鞭慢行，

望崦嵫而勿迫⑤。　　　走向崦嵫山的脚步莫要急促。

路曼曼其修远兮，　　　人生道路漫长又遥远，

吾将上下而求索⑥。　　　我将上天入地寻找正确的路。

饮余马于咸池兮，　　　让马在咸池饮一饮水，

总余辔乎扶桑⑦。　　　把缰绳拴系扶桑树。

【注释】

①敷衽（rèn）：敷，平展；衽，衣服前襟，即把衣服的前襟铺开。耿：清楚明白。中正：正中。诗人在重华面前陈辞后，感觉他已经在神灵面前印证了中正的道理。　　②驷：本义是四匹马拉的车，在此作动词，驾起四马之车的意思。玉虬（qiú）：白色无角的龙，玉在此表示颜色。鹥（yī）：凤凰一类的鸟。溘：掩，压着。埃风：卷着尘埃的大风。上征：向天上进发。　　③发轫（rèn）：轫是挡住车轮转动的横木，发轫即打开横木，车轮转动。苍梧：向舜陈词的地方，据说舜死后葬在九嶷山，而九嶷山即在苍梧界内。县圃：即悬圃。县、悬为本字与后起字关系。悬圃据说在昆仑山顶，为神灵所居。　　④少留：稍微多留一会儿。灵琐：琐是门窗上刻画的环形花纹，这里是门的代称。灵琐即神灵居所的门。　　⑤羲和：神话中为太阳神驾车的神。弭（mǐ）节：放下驾车的节，节是策马用的工具，意思是停止太阳的移

动。崦嵫（yān zī）：西方的神山，太阳归宿的地方。迫：近。
⑥曼曼：同漫漫，路遥远的样子。修：长。求索：指下文的上天
等追求理想女子的行动。　　⑦咸池：太阳洗澡的神池。据《淮
南子》，太阳早晨从一个叫旸谷的地方升起，然后到咸池洗澡，
而后再升高西征。总：拴系。辔：马缰绳。扶桑：神话中的树
名，太阳从扶桑树下升起。近年在四川三星堆遗址曾发现青铜制
造的扶桑神木，高两米余，上有九只大鸟表示太阳。

　　以上为第二段，由女媭的"詈予"引发对历史兴亡的思考，
并由向重华陈辞来表现诗人对信念的坚持。作品至此承上启下，
由实入虚，转入精神漫游部分。

折若木以拂日兮，	折下若木枝拦挡太阳，
聊逍遥以相羊①。	好让我有片刻时光在此徜徉。
前望舒使先驱兮，	派望舒在前面当向导，
后飞廉使奔属②。	令飞廉跟在后面来奔跑。
鸾皇为余先戒兮，	鸾凤为我在前面戒备开道，
雷师告余以未具③。	雷神却告诉我还没有准备好。
吾令凤鸟飞腾兮，	我让凤凰展翅腾飞，
继之以日夜④。	夜以继日片刻不息。
飘风屯其相离兮，	旋风来团团会聚，

帅云霓而来御⑤。	率领虹霞来迎集。
纷总总其离合兮，	时聚时散乱纷纷，
斑陆离其上下⑥。	忽上忽下色彩斑斓。
吾令帝阍开关兮，	我要帝宫门卫开大门，
倚阊阖而望予⑦。	他却身倚天门对冷眼。
时暧暧其将罢兮，	天色昏暗又一日将毕，
结幽兰而延伫⑧。	手持着幽兰我久久伫立。
世溷浊而不分兮，	世道浑浊善恶不分，
好蔽美而嫉妒⑨。	喜好遮盖美好是因心怀忌恨。

【注释】

①若木：神树名，生在昆仑山西端，青叶红花，光华四射，是太阳下落后栖息之处。拂：拦挡，挡住太阳使其不能迅速下落。聊：姑且。逍遥：在此有徘徊的意思。相羊：即徜徉，徘徊的意思。　②前：使……在前。望舒：月神的驾车者。飞廉：风神。奔属：追随不离。　③鸾皇：凤凰。先戒：在前面警卫。雷师：雷神。未具：未准备齐全。　④"继之"句：夜以继日的意思。因前面"雷师"言行驾准备"未具"，所以命凤凰等加紧工作。　⑤飘风：旋风。屯：聚集。其：然，语助词。相离：离即丽，相附丽。云霓：云霞。御：迎接。　⑥总总：云屯聚的样子。离合：忽开忽合。斑：犹言斑斑，色彩多样的意

思。陆离：五光十色。　　⑦帝阍：帝庭的看门人。开关：开门。阊阖（chāng hé）：天门。望：瞪着眼睛看，有冷漠之意。⑧暧（ài）暧：昏暗的样子。延伫：迟疑徘徊。　　⑨溷（hùn）浊：犹言混浊。蔽美：遮盖美好的东西。以上言登天失败。

朝吾将济于白水兮，	清晨我将渡过白水，
登阆风而绁马①。	登上阆风来拴马。
忽反顾以流涕兮，	猛然回首泪潸然，
哀高丘之无女②。	哀叹高丘无女仙。
溘吾游此春宫兮，	忽然漫步到了青帝春宫，
折琼枝以继佩③。	折下玉树琼枝来加长佩饰。
及荣华之未落兮，	趁着鲜花还没有凋落，
相下女之可诒④。	查找值得馈赠的人间女子。
吾令丰隆乘云兮，	我让丰隆乘着云朵，
求宓妃之所在⑤。	去寻求宓妃的居所。
解佩纕以结言兮，	解下佩带当信物，
吾令謇修以为理⑥。	令那謇修做媒人。
纷总总其离合兮，	宓妃态度暧昧若即若离，
忽纬繣其难迁⑦。	飘忽不定总闹别扭难以迁就。
夕归次于穷石兮，	晚上住到穷石过夜，
朝濯发乎洧盘⑧。	早晨在洧盘洗头。

保厥美以骄傲兮,	自恃美貌她十分骄傲,
日康娱以淫游⑨。	成天寻欢作乐恣意冶游。
虽信美而无礼兮,	虽然美丽却没礼数,
来违弃而改求⑩。	丢开她我要另做追求。
览相观于四极兮,	纵目远眺遥远的四方,
周流乎天余乃下⑪。	周游各处又返回大地。
望瑶台之偃蹇兮,	遥望瑶台高高耸立,
见有娀之佚女⑫。	看见了有娀氏美女简狄。

【注释】

①白水：神话中发源于昆仑山的一条河，饮其水可以不死。阆（làng）风：昆仑山上的神山。绁（xiè）：拴，系。　②高丘：即阆风之丘。女：神女。　③春宫：东方青帝所居住的宫殿，青帝为司春之神。琼枝：犹言玉树。继：增加。　④荣华：即上文琼枝的花；花朵古称荣华。下女：下界之女。此句承"高丘无女"而来。诒（yí）：同贻，赠送。　⑤丰隆：云神。宓（fú）妃：即洛神，传说为伏羲氏的女儿，溺水而死，成为洛水之神。　⑥结言：订约。謇修：人名，旧说为伏羲氏的大臣，详细情况已不可考。理：使者，媒人。　⑦忽：飘忽不定。纬繣（huà）：违拗。难迁：难以迁就。　⑧次：停留，住在。穷石：山名，神话中弱水的发源地，神话人物后羿就住在这里。传

说中宓妃与后羿有一段淫乱关系，所以诗说她晚上次于穷石。濯发：洗涤头发。洧（wěi）盘：神话中的水名，发源于崦嵫山。宓妃在这里濯发，当是一种炫耀自己美丽的放荡行为。　⑨保：恃，仗着。厥：其，指宓妃。　⑩来：乃，于是。违弃：抛弃，放弃。　⑪览相观：叠字，都是看的意思，楚辞特有的语法。周流：回环，周游。乃：于是，才。　⑫瑶台：用美玉砌成的高台。偃蹇（jiǎn）：高耸的样子。有娀（sōng）：有娀氏的简称，古代部落名。佚女：美女，佚字一本作"妶"。有娀氏女即商的女始祖简狄，她是高辛氏的妻子，据说是因吞食了玄鸟蛋而生下商族祖先契（xiè）。上海博物馆藏《战国楚竹书·子羔》篇有"契之母，有娀氏之女也，游于央台之上，有燕衔卵而措诸其前，取而吞之"的记载。央台即瑶台，据简文简狄吞卵而生商朝始祖的地点就在瑶台。

吾令鸩为媒兮，	我要鸩鸟做我的媒人，
鸩告余以不好①。	鸩鸟却说她对我无意。
雄鸩之鸣逝兮，	雄鸩鸣叫着又去说媒，
余犹恶其佻巧②。	我又厌恶它轻佻多嘴。
心犹豫而狐疑兮，	心里犹豫疑惑不决，
欲自适而不可③。	想亲自前往又不合礼仪。
凤皇既受诒兮，	凤凰已经下了聘，

恐高辛之先我④。	恐怕高辛已先我得到简狄。
欲远集而无所止兮，	想要远走高飞却无处安身，
聊浮游以逍遥⑤。	姑且游荡逍遥散心。
及少康之未家兮，	趁着少康还没有成家，
留有虞之二姚⑥。	还剩有虞氏的姚氏双娥。
理弱而媒拙兮，	媒人们无能又笨拙，
恐导言之不固⑦。	怕他们传言办不妥。
世溷浊而嫉贤兮，	世道浑浊嫉妒贤能，
好蔽美而称恶。	爱掩人之美专挑人过错。
闺中既以邃远兮，	宫室本来就幽深迂远，
哲王又不寤⑧。	明君实在又浑噩。
怀朕情而不发兮，	满怀衷情不能倾诉，
余焉能忍而与此终古⑨？	我如何隐忍才能忍到生命结束？

【注释】

①鸩（zhèn）：鸟名，喜食蛇，羽毛有毒，可杀人。不好：不爱。这句的意思是说，鸩回话说有娀之女不爱你。　②鸠：斑鸠。鸣逝：逝，曲折婉转，鸣逝即叫得很好听的意思。佻巧：花言巧语的意思。　③狐疑：犹豫、拿不定主意。自适：亲自前往。　④凤皇，一本作凤鸟，即玄鸟。传说简狄吞玄鸟之卵而生子，屈原《九章·思美人》："高辛之灵盛兮，遭玄鸟而致

诒。"这里又说凤凰，是把玄鸟当凤凰看的。受诒：即授予聘礼；受、授古语可通用。高辛：帝喾的称号。据载简狄为高辛的次妃。　　⑤集：停留。浮游：无目的的漫游。　　⑥少康：夏的中兴君主，杀死寒浞和浇而复国。未家：未成家。留：留在家里，未被人娶走的意思。有虞：古部落，据载为舜的后代，姚姓。据记载，寒浞使浇杀死少康的父亲相，少康是相的遗腹子，生在有娀氏，后来又逃到有虞，有虞君将自己的两个女儿许给他，就是"二姚"。　　⑦理弱媒拙：诗人认为求宓妃和求有娀之女的失败，都是媒人不可靠的结果，所以有此感叹。导言：媒人撮合的语言。　　⑧闺中：古代女子居住的房屋称闺。此指宓妃、有娀、二姚住处。邃（suì）远：深远。哲王：指楚怀王。⑨不发：不得发泄。终古：生命结束。

　　以上为第三部分，写精神漫游求索历程，主要由登天、求女等活动构成，其中求女又含求神女与凡女两项。然而求索是失败的，与现实政治上的受挫虚实相应，强化了作品情感的深广度。

索藑茅以筳篿兮，　　　　取来藑茅和竹片，
命灵氛为余占之①。　　　　请灵氛为我把未来占。
曰：　　　　　　　　　　　问：

"两美其必合兮，
孰信修而慕之②？
思九州之博大兮，
岂惟是其有女③？"

曰：

"勉远逝而无狐疑兮，
孰求美而释女④？
何所独无芳草兮，
尔何怀乎故宇⑤？"

世幽昧以眩曜兮，
孰云察余之善恶⑥？
民好恶其不同兮，
惟此党人其独异⑦！
户服艾以盈要兮，
谓幽兰其不可佩⑧。
览察草木其犹未得兮，
岂珵美之能当⑨？
苏粪壤以充帏兮，
谓申椒其不芳⑩。
欲从灵氛之吉占兮，
心犹豫而狐疑⑪。

"两美相遇，一定结合？
哪个真正的美女值得求索？
想天下这样宽阔广博，
难道只有这里才有娇娥？"

卜告：

"努力远走不要犹豫，
哪位爱美者会把你放弃？
什么地方没有芬芳的香草，
你又何必怀恋故里？"

世道昏暗使人眼迷乱，
谁能考察我是恶是善？
世人的喜好各不相同，
只有这些小人特别古怪。
个个把臭艾挂满腰间，
反说幽兰不可佩带。
观察草木尚不得当，
鉴别美玉又怎能在行？
取来粪土填满香囊，
却说申椒毫不芬芳。
想要听从灵氛的吉卦，
心中却犹豫又迟疑。

巫咸将夕降兮，	听说巫咸将在晚上降临，
怀椒糈而要之⑫。	怀揣椒香的精米求他示意。

【注释】

①索：取。蓶（qióng）茅：一种可以用来占卦的草。以：与。筳篿（tíng tuán）：占卜用的小竹片。灵氛：灵即巫，氛为巫的名，据《山海经·大荒西经》记载，灵山之上有十位神巫，其中之一即灵氛。　②两美必合：比喻明君贤臣的遇合。慕：爱慕，倾慕。　③是：指代楚国，与前文"九州"相对，九州指天下。女：汝，你。灵氛称呼诗人之语。　④勉：努力。狐疑：犹豫不决。　⑤故宇：故居，故国；灵氛劝告诗人离开楚国到远方去寻找自己的理想。　⑥眩曜：迷乱的样子。　⑦独异：与众不同。　⑧服：佩带。艾：白蒿，有异味。要：古"腰"字。　⑨未得：不能得到实情。理（chéng）："程"的假借字，度量的意思。当：恰当。这两句是说那些党人连草的好坏都分不清楚，又如何能分别人的美好品德。　⑩苏：取。粪壤：粪土。帏：香囊。　⑪吉占：吉利的占辞。　⑫巫咸：《山海经》记载的灵山十巫之一，地位身份要比灵氛高。椒糈（xǔ）：椒是香料，糈是精米；椒糈是用香料熏染过的精米。要：求。

百神翳其备降兮，	众神遮天蔽日一齐降，

九疑缤其并迎①。　　九嶷之神纷纷相迎接。

皇剡剡其扬灵兮，　　巫咸煌煌然灵光闪耀，

告余以吉故②。　　把吉祥的缘故来告诫。

曰：　　说：

"勉升降以上下兮，　　"努力上天入地去找寻，

求榘矱之所同③。　　求索与你准则相同的知音。

汤禹严而求合兮，　　商汤夏禹虔诚地寻求同道，

挚咎繇而能调④。　　伊尹皋陶因此能和他们协调。

苟中情其好修兮，　　如果内心确实爱好修美，

又何必用夫行媒？　　又何必请人来做媒？

说操筑于傅岩兮，　　傅说曾手执木杵在傅岩筑墙，

武丁用而不疑⑤。　　武丁任用他却毫无疑心。

吕望之鼓刀兮，　　姜尚曾经操刀做屠户，

遭周文而得举⑥。　　遇到周文王就得到重任。

宁戚之讴歌兮，　　宁戚放声高歌抒怀抱，

齐桓闻以该辅⑦。　　齐桓公听后就命他做重臣。

及年岁之未晏兮，　　趁着年华还没衰老，

时亦犹其未央⑧。　　趁着时光还没用尽。

恐鹈鴂之先鸣兮，　　留神杜鹃一旦鸣唱，

使夫百草为之不芳⑨。"　　霎时间令百草失去芳香。"

【注释】

①翳（yì）其：犹言翳翳，遮天蔽日的样子。九疑：也写作九嶷，山名；此处指九疑山诸神。一说九疑非山名，而是巫的名称，犹如灵山十巫。并迎：一起来迎接百神。　②皇剡（yǎn）剡：光华闪闪的样子。扬灵：神灵显扬。从以上对巫咸降临的描绘，可知其身份的不一般。吉故：吉利的缘故，指下文所言君臣相得的故事。　③榘矱（jǔ yuē）："榘"同"矩"，量方形的工具；矱，量圆形的工具；两者都有尺度的意思。　④严：庄重，严肃。求合：访求志同道合的人。挚：伊尹的名，辅佐商汤灭夏。咎繇（yáo）：即皋陶。舜的贤臣。调：和谐。　⑤说（yuè）：即傅说，殷高宗的贤臣，据说他在傅岩做筑墙苦力，高宗梦见了他，就把他找来请他做相。筑：筑墙用的杵。傅岩：地名，在今山西平陆县附近。武丁：即殷高宗，商代的明君。　⑥吕望：即辅佐周武王灭商的姜尚，又称太公望，其祖先封地在吕，又称吕尚。鼓刀：犹言舞刀。姜尚未被周文王发现时，曾在商首都朝歌做屠夫。周文：即周文王姬昌，武王之父，周家基业的奠定者。举：提拔。　⑦宁戚：春秋时期卫国的商人，有一次晚上喂牛时唱歌，被齐桓公听到，发现他是个贤才，就任用他做齐国客卿。讴歌：徒歌，没有伴奏地歌唱。该辅：该，周详，完备。该辅即使贤人对齐的辅助更加完备。　⑧晏：晚。未央：未尽。　⑨鹈鴂（tí jué）：子规，又名伯劳，初秋鸣叫，故有下

文的百草不芳。

何琼佩之偃蹇兮，　　　　玉佩是多么美质非凡，
众薆然而蔽之①。　　　　众人却严严地把它遮掩。
惟此党人之不谅兮，　　　这些结党小人毫无诚信，
恐嫉妒而折之②。　　　　我担心嫉妒使他们把琼佩折断。
时缤纷其变易兮，　　　　时世纷乱多变化，
又何可以淹留③？　　　　又怎么可以流连？
兰芷变而不芳兮，　　　　兰和芷变质不再芬芳，
荃蕙化而为茅。　　　　　荃与蕙也变成了茅菅。
何昔日之芳草兮，　　　　为什么从前的香草，
今直为此萧艾也④？　　　现在径自变成枯蒿？
岂其有他故兮，　　　　　难道说还有其他什么原因，
莫好修之害也⑤！　　　　全都是不好修德的祸根！
余以兰为可恃兮，　　　　我以为兰草十分可靠，
羌无实而容长⑥。　　　　它却华而不实空有其表。
委厥美以从俗兮，　　　　放弃美质顺从流俗，
苟得列乎众芳⑦？　　　　如何可以名列群芳？
椒专佞以慢慆兮，　　　　花椒专横谄媚又傲慢，
樧又欲充夫佩帏⑧。　　　野茱萸也想要挤进香囊。
既干进而务入兮，　　　　既然拼命钻营投机，

又何芳之能祗^⑨？	又怎能对芬芳报以敬意！
固时俗之流从兮，	时俗本来就随波逐流，
又孰能无变化^⑩？	又怎能不发生变异？
览椒兰其若兹兮，	眼见花椒兰草尚且如此，
又况揭车与江离^⑪？	又何况那揭车和江离！
惟兹佩之可贵兮，	只有这玉佩最可贵，
委厥美而历兹^⑫。	可美质遭弃落到如今田地。
芳菲菲而难亏兮，	芳香飘飘难以减损，
芬至今犹未沫^⑬。	芬芳至今仍不泯。
和调度以自娱兮，	调谐心情自我宽娱，
聊浮游而求女^⑭。	姑且漫游去寻找美女。
及余饰之方壮兮，	趁着我的佩饰还盛壮，
周流观乎上下^⑮。	周游上天观天地四方。

【注释】

①琼佩：玉佩。偃蹇：委婉美好貌。菱（ài）：遮蔽。　②谅：正直可信。恐：一说为"共"的误字。之：指上文琼佩。　③淹留：停留。　④萧艾：贱草，蒿草。　⑤莫：不。　⑥兰：兰草。一说影射楚怀王幼子令尹子兰。他与下文提到的"椒"，应都是前文所言"哀众芳之芜秽"的"众芳"之人。恃：倚仗。无实：不结果实。容长：外表修长。　⑦委厥美：丢掉

他们的美好；委，丢弃。苟：在此表疑问，如何的意思。这句是
说他们如何可以得列众芳。　　⑧椒：花椒。一说影射大夫子
椒。专佞：专事诒佞。慢慆（tāo）：怠慢佚乐。榝（shā）：茱萸
一类的草，形状似椒而不香，比喻楚官场的一批小人。　　⑨干
进：钻营以谋求个人权位利禄。务入：与"干进"同意。祗
（zhī），敬重。言那些干进的人是不能尊重任何芳香之物的。
⑩流从："从流"的倒误，随波逐流。　　⑪揭车、江离：与椒
兰相比系一般的芳草，比喻自己培育的一般人才；离，一本作
蓠。这句的意思是说，兰和椒都不可靠，何况揭车和江离那样的
芳草呢？　　⑫兹佩：即上文所言的琼佩，诗人自指。委：字当作
"秉"，与"委"字形近而误；秉，持。历兹：至今。　　⑬沫：
泯没。　　⑭和调度：三个字同意，为并列结构，自我调适，缓
和心情的意思。　　⑮及余饰之方壮兮：与前文"佩缤纷其繁饰
兮"同意，指代自己所修的德行。

灵氛既告余以吉占兮，	灵氛已把吉卦对我说清，
历吉日乎吾将行①。	选定吉日我将要远行。
折琼枝以为羞兮，	折下琼枝当做佳肴，
精琼爢以为粻②。	精制玉屑当做干粮。
为余驾飞龙兮，	飞龙为我把车驾，
杂瑶象以为车③。	杂用美玉象牙把车来妆。

何离心之可同兮？	离心离德怎么共处？
吾将远逝以自疏④。	我将远行来自我疏离。
遭吾道夫昆仑兮，	转道我前往昆仑山，
路修远以周流⑤。	道路漫长四下游历。
扬云霓之晻蔼兮，	升起云霞旗帜蔽天日，
鸣玉鸾之啾啾⑥。	振响鸾形玉铃声啾啾。
朝发轫于天津兮，	清早从银河渡口出发，
夕余至乎西极⑦。	晚上到达西天尽头。
凤皇翼其承旂兮，	凤凰纷飞承举着云旗，
高翱翔之翼翼⑧。	高高地翱翔翻动着彩翼。
忽吾行此流沙兮，	转眼我越过流沙之地，
遭赤水而容与⑨。	沿着赤水徘徊犹豫。

【注释】

①历：选择。　②琼枝：琼树的枝条。羞：珍贵食品。精：动词，将米舂得很细。琼靡（mí）：靡，细末；琼靡即玉的细末。粻（zhāng）：粮。　③象：象牙。句意为用美玉和象牙为车的装饰。　④离心：异心，不同的心志。自疏：自动疏远，指自己将远游而言。　⑤遭（zhān）：转向，楚方言。道：取道。周流：曲折。与“修远”相对成文。　⑥云霓：旗帜，以云霓为旗帜。晻（yǎn）蔼：旌旗蔽天的样子。玉鸾：玉雕刻成的鸾

形的车铃。啾啾：铃声。　　⑦天津：天河的渡口。西极：西方的尽头。　　⑧翼：《文选》作"纷"，繁多。承：举。旌：画有交龙的旗帜。翼翼：飞翔貌。　　⑨流沙：西方的沙漠，因沙流动而得名。据《山海经·海内西经》，流沙从昆仑经过。赤水：神话中发源于昆仑山的水。容与：徘徊不前。

麾蛟龙使梁津兮，	指挥蛟龙搭渡梁，
诏西皇使涉予①。	命令西皇少皞将我渡。
路修远以多艰兮，	道路漫长遥远充满艰险，
腾众车使径待②。	传令众车径自来相护。
路不周以左转兮，	路过不周山车向左转，
指西海以为期③。	约定西海来驻足。
屯余车其千乘兮，	集合我成千的车子，
齐玉轪而并驰④。	齐整整玉轮共向前。
驾八龙之婉婉兮，	婉婉八龙擎驾行，
载云旗之委蛇⑤。	车插云旗随风卷。
抑志而弭节兮，	停住长鞭抑制激情，
神高驰之邈邈⑥。	神思飞驰浮想联翩。
奏《九歌》而舞《韶》兮，	奏起《九歌》舞《九韶》，
聊假日以媮乐⑦。	姑且借此自偷欢。
陟升皇之赫戏兮，	初升的太阳灿烂辉煌，

忽临睨夫旧乡⑧。　　　　忽然瞥见云下的故乡。

仆夫悲余马怀兮，　　　　车夫悲伤我马也留恋，

蜷局顾而不行⑨。　　　　曲身回头再不能迈向前。

【注释】

①麾：指挥。蛟：龙的一种，能兴风作浪。梁津：梁在此作动词，架桥；梁津即在渡口架桥。诏：告令。西皇：西方之神。涉：渡。　　②艰：路途艰难。径待：径，直；待，字应作"侍"；径待即径相待卫，以免渡河发生危险的意思。　　③不周：不周山，神话中的山，在昆仑山西北，其山有缺，故名。西海：神话中西北方向的海，一说即今天青海省的青海湖。期：期待，在此指目的地。　　④屯：聚集。千乘：极言其多。軑（dài）：古称车轮为軑，玉軑即玉饰的车轮。　　⑤婉婉：龙行进时蜿蜒曲折的样子。委蛇（wēi yí）：旗帜飘扬时舒卷貌。⑥抑志："志"通"帜"，旗帜；抑帜即将旗帜下垂。弭节：放下赶车的马鞭，使车停止。邈邈：浩渺无际的样子。　　⑦韶：即《九韶》，夏启的舞乐。假日：借机会。媮乐："媮"同"愉"，愉乐即娱乐、快乐。　　⑧陟升：两个字同义，都是升高的意思。皇：初升的太阳。赫戏：天宇光辉貌。临睨（nì）：下视。旧乡：故乡，即楚国。一说，即上文所言"西海"之地。这里可能是楚族的发祥地。　　⑨怀：思。蜷（quán）局：屈曲的样

子。顾：回头看。不行：不能行进。

　　以上为第四部分。两次占卜结果都是离开故国远去，诗中之"我"的意识也倾向于此。然而当诗中人真正驾龙远游要离开旧乡时，故国深情却再次占据上风。

乱曰①：已矣哉②！	尾声：算了吧！
国无人莫我知兮，	国中没有人理解我，
又何怀乎故都③！	我又何必怀恋故国！
既莫足与为美政兮，	既然没人能与我实行美政，
吾将从彭咸之所居④！	我将追随彭咸到他住的地方！

【注释】

①乱：古代音乐最后一章为乱，即今所谓尾声。乱有两重含义：一是对整个乐章大意的再现，"乱"有整理之义；一是结尾章繁音促节，纷杂交错，所以称为乱。　②已矣哉：犹今语所谓"算了吧"。　③国无人：国家无人，人指贤人。故都：故国。　④美政：屈原心中美好的政治理想，如任用贤人，变法图强，效法禹、汤、文、武振兴楚国等等。"从彭咸"句：即投水自杀。

以上为第五部分，诗人对人生作出"从彭咸之所居"的最后决断。

【评析】

　　《离骚》是一首堪称伟大的抒情诗篇。其伟大首先在于诗篇以第一人称形式，展现了一个以崇高政治理想、芳洁人生品格、誓不向恶势力低头的强悍主体精神与傲岸不群的自我形象，具有强烈的震撼力。这一主体精神形象的表现，是由诗篇雄奇新巧的构思来达到的。从大的结构上说，诗篇分虚、实两部分。从一开始到"女媭之婵媛兮，申申其詈予"，多实写。主要叙述自己诗中之"我"的身世、修养、在楚国的作为、积极进取的政见，对生活真谛的理解及对党人的厌恶。其中开始八句可能借用的是楚国神事中降神仪式的一些表达因素，以此神圣自比从而突出"朕"的天生不凡。在这部分内容中，以众多的香草譬喻"我"芳德高洁，是《诗经》比兴艺术手法的别开生面，是继承，更是创新。继而是女媭责备与诗中之"我"的感怀，看上去似乎是诗中人内心出现了犹豫，实际是以此为下半部分上天入地的精神漫游求索蓄势，诗也自此由实入虚，形成重要的过渡。漫游求索的描述以及之后向昆仑的驾龙西游，是《离骚》最为奇特的部分。这两部分由就重华陈词、阊阖受阻、求女（宓妃、有娀氏之女和有虞二姚）以及驾龙西游组成。诗中之"我"登天下地，求药求

九　歌

　　《九歌》，屈原依据楚国古旧乐章翻新改写的祭祀组曲。其创作时间，古代学者认为是在屈原遭怀王疏远后，现代有学者则认为，《九章·惜往日》所言"受命诏以昭诗"即指《九歌》创作而言，所以时间应在诗人被信任时。《九歌》之源，《离骚》明言系夏启时代的乐舞，此外也有各种文献表明《九歌》与夏有关。由此，可知楚文化有夏代的渊源。《九歌》号为"九"，却有十一篇。前人对此有不同解释，一种说法以为《九歌》的首章《东皇太一》和结尾的《礼魂》为迎神、送神曲，中间的九篇才是实际的祭祀乐歌。又有人认为《九歌》中的《湘君》和《湘夫人》两篇实际为一曲演唱的两个组成部分，《大司命》和《少司命》的情况也一样。这样，《九歌》也还是九曲之歌。

东皇太一

东皇太一，楚人对天帝的尊称，天帝而称"东皇"，是因为它的祠坛立在东边，又可能与天从东方破晓以及东方为一年之始有关。太一即东皇、昊天，是最高神的称呼。《九歌》中的神多用楚人所习惯的名称。诗篇只是描写了迎接天神的隆重场面，没有人神之间的唱和。这可能与古代祭祀惯例有关，据甲骨文及其他文献，祭祀中是不能直接与最高神沟通的，祭者只能把自己的虔诚展示给它看，得到它的肯定，方能获赐福。东皇就是这样的最高神。所以它只被隆重地请出场，祭者却不直接向它吁求什么，这可能就是此篇无与神交流情感表现的原因。

吉日兮辰良，	吉日良辰好时光，
穆将愉兮上皇^①。	肃穆恭敬将祭上皇。
抚长剑兮玉珥，	手握长剑玉饰柄，
璆锵鸣兮琳琅^②。	身佩美玉响叮当。
瑶席兮玉瑱，	瑶席四角玉镇压，
盍将把兮琼芳^③。	纯美香花满手把。

【注释】

①吉日：好日子。辰：时辰。辰良，即"良辰"的倒文。穆：恭敬。愉：使快乐。动词。上皇：上帝，这里指东皇太一，即昊天上帝。湖北云梦睡虎地秦简《日书》甲种101正贰有"毋已子卜著，害于上皇"之语。上皇因其地位重要而称"太一"。马王堆帛书有"太一将行图"，接近正方形图案上端画有鹿角状神人头像，其东西各有雷公、雨师像相伴。又南阳汉墓画像石中也有太一像，居整个图像正中，头戴"山"字形冠冕，其上下四方围绕着朱雀、玄武、苍龙、白虎四象，此外左右两边还有伏羲捧日、女娲抱月图；该石像两端分别为北斗七星和南斗六星，整幅图像就是太一主宰宇宙的样子。这又与郭店简《太一生水》相合，此简文说"太一生水，水反辅太一"以成天地、四时、阴阳乃至万物。由此可知战国时期在楚地，太一之尊贵是超过任何神的。

②珥：剑鼻，剑把上突出的部分。这里指剑把。璆锵（qiú qiāng）：佩玉撞击发出的声音。琳琅：美玉名。　　③瑶席：瑶为蒻之假借，蒻席，即用蒻草编的席子，陈设在神位前面。一说，瑶为美玉名，瑶席即饰有玉石的席子。玉瑱：瑱，通"镇"。玉镇，用来压住坐席的玉石。盍：合，与"将"同义。一说为发语词，无意。将：持，拿起。把：持，拿着。琼芳：琼，美玉名；琼芳，形容花色鲜美。一说琼芳即玉枝。一说琼芳即《离骚》中的"薭茅"，是楚地的一种香草，也叫香茅。

蕙肴蒸兮兰藉，	蕙包兰裹祭肉香，
奠桂酒兮椒浆①。	进献桂酒香椒浆。
扬枹兮拊鼓，	扬起槌儿敲击鼓，
疏缓节兮安歌，	节奏舒缓歌悠扬，
陈竽瑟兮浩倡②。	吹竽弹瑟放声唱。
灵偃蹇兮姣服，	灵巫华服舞翩跹，
芳菲菲兮满堂③。	香气浓郁满厅堂。
五音纷兮繁会，	五音合鸣相交响，
君欣欣兮乐康④。	神君欢乐又安康。

【注释】

①肴蒸：祭祀用的肉。藉：衬垫。奠：献祭。桂酒：用桂花浸泡的酒。椒浆：用花椒浸泡的浆。浆，一种味薄的饮料，《周礼》"四饮"之一。 ②扬：举。枹（fú）：鼓槌。拊（fǔ）：拍击。节：节拍。安：安详。陈：陈列。竽：吹奏乐器，类似笙，三十六管。瑟：弹拨乐器，类似筝，二十五弦，长方形，有音箱，近年楚地考古多有发现。浩倡：大声唱；倡，通"唱"。 ③灵：降神的巫师。一说指所祭祀的神，即东皇太一。偃蹇（yǎn jiǎn）：舞貌。形容舞姿回旋曲折。一说形容舞姿繁复。姣服：华丽的服饰。姣，美好。芳菲菲：香气馥郁。 ④五音：指古代五声音阶上的五个音级，即宫、商、角、徵、羽，大体相当于现

代简谱上的1、2、3、5、6。纷：众多的样子。繁会：错杂。君：指东皇太一。欣欣：喜悦的样子。康：平安，安乐。

云中君

云中君是云神，云中是神的住所。诗篇既写了云神的出行和光彩，以及忽然而降、飘然而去的神秘莫测，也写到了灵巫代表人对它的虔诚和思恋。学者曾怀疑云中君为月神，江陵天星观一号楚墓出土竹简文字证明，云中君就是云神。

浴兰汤兮沐芳，	沐浴兰草煮成的香汤，
华采衣兮若英①。	穿上绚丽如花的衣裳。
灵连蜷兮既留，	灵巫舞姿回旋神附体，
烂昭昭兮未央②。	神光闪闪啊无限辉煌。
蹇将憺兮寿宫，	将要安居在云神宫殿，
与日月兮齐光③。	同日月一起大放光芒。
龙驾兮帝服，	龙驾的车啊天帝的衣，
聊翱游兮周章④。	且翱翔啊周游来往。
灵皇皇兮既降，	神灵挟着光焰从天降，
猋远举兮云中⑤。	又迅速飞升回到云上。
览冀州兮有余，	视野超出华夏范围，

横四海兮焉穷⑥。　　　　横越四海无边无疆。

思夫君兮太息，　　　　思念云神长声叹息，

极劳心兮忡忡⑦。　　　　忧心至极啊心神惶惶。

【注释】

①浴：洗澡。兰汤：用兰草煮的洗澡水；汤，热水。沐：洗头。芳：芳香，指兰汤。华采：缤纷的色彩。若：如。一说为杜若。英：花。　②灵：降神的巫师。一说指神，即云中君。连蜷：回环曲折的样子。留：停留。这句是说女巫降神时，神灵附体，模拟云神的姿态。烂昭昭：光明的样子。未央：未尽。　③蹇：发语词。憺（dàn）：安。寿宫：云中君在天上的宫殿。一说为供神之处。　④龙驾：龙车。帝服：天帝之服。周章：周游来往。　⑤皇皇：光明的样子。皇，同"煌"。猋（biāo）：迅速离去的样子。　⑥冀州：古代把中国划分为九州，分别是冀、兖、青、徐、扬、荆、豫、梁、雍。冀是九州之首，居于九州的中间，因而可用冀州来代指中国。楚地非冀州，但《九歌》为夏代古乐的遗留，冀州一词，是古曲翻新流露的痕迹。四海：指中国以外。古人认为九州之外被东南西北四海包围。焉：何处。穷：尽。　⑦夫：语气词。君：云中君。劳心：担心，忧心。忡忡：形容忧虑的感受。

湘　君

　　湘君和湘夫人是湘水神（也有人认为是湘山神），近年出土葛陵、天星观及包山各地之楚简，均称其为"二天子"，或即"天帝二位子女"之意。传说她们是尧的女儿，舜的妻子。据说舜在前往苍梧巡视时死在那里。两位妻子追赶舜，到达洞庭湖时，闻听舜已死去，南望痛哭之后，双双投入湘水。此后其神灵经常出没于湘水洞庭，"其出必以飘风暴雨"（《山海经·中山经》），楚地之人为之立祠。在岁时祭祀的漫长过程中，二女的传说也发生了变化，逐渐变成了一对配偶："湘君"有了舜的影子，另一女神则变成了"湘夫人"。于是祭祀的献歌，便特别从两人相互思恋却总是乖违不偶上加以表现，从而流露出浓郁的缠绵幽怨之情。《湘君》应是由扮演湘夫人的女巫唱给湘君听的。

君不行兮夷犹，　　　　湘君你犹豫迟迟不去，

蹇谁留兮中洲①？　　　为谁停留在水中沙洲？

美要眇兮宜修，　　　　我容貌美丽修饰得宜，

沛吾乘兮桂舟②。　　　驾着桂木船顺水飞舟。

令沅湘兮无波，　　　　命沅水湘水不起波浪，

使江水兮安流③。　　　令长江之水平稳流淌。

望夫君兮未来,	望穿秋水啊夫君不来,
吹参差兮谁思④?	吹响排箫可听者又是谁?
驾飞龙兮北征,	驾起龙舟我朝北航行,
遭吾道兮洞庭⑤。	曲曲折折绕道洞庭。
薜荔柏兮蕙绸,	薜荔做帘蕙做帐,
荪桡兮兰旌⑥。	荪草饰桨兰做旌。
望涔阳兮极浦,	朝向涔阳遥远的岸,
横大江兮扬灵⑦。	横渡大江显神能。
扬灵兮未极,	威灵尽显未能至,
女婵媛兮为余太息⑧!	侍女悻悻啊为我叹息。
横流涕兮潺湲,	眼泪横涌不停地落,
隐思君兮陫侧⑨。	痛楚思君好伤情。
桂棹兮兰枻,	桂木做桨兰木舷,
斫冰兮积雪⑩。	分开积雪啊破层冰。

【注释】

①君：湘夫人对湘君的称呼。夷犹：犹豫迟疑。搴：通"骞"，发语词。谁留：为谁停留。洲：水中陆地。　②要眇：美好的样子。宜修：修饰得恰到好处。沛：船顺流而下走得很快的样子。吾：湘夫人自称。桂舟：用桂木造的船。　③沅湘：沅水、湘水，都在今湖南境内。安流：平稳地流淌。　④夫：发

语词。参差：排箫的别名。排箫由数支竹排成一列组成，上端平齐便于吹奏，下端两边长，中间短，故称参差。传说排箫为舜发明，所以此处吹箫以表对舜的思念之情。　⑤飞龙：龙船。北征：向北航行。邅（zhān）：楚方言，转弯，转道。这两句和下面四句都是叙述湘君的情况，是湘夫人的想象。　⑥柏：柏壁，即帘子。绸：通"帱"，帐子。桡（ráo）：短桨。一说是旗杆上的曲柄。旌：旗杆顶上的装饰。　⑦望：在此有朝向的意思。涔阳：地名，涔水北岸，具体地点不详。极浦：遥远的水岸。横：横渡。大江：长江。扬灵：显示威灵。　⑧极：至，到达。女：湘夫人身边的侍女。余：湘夫人。从这句开始又转回对湘夫人的叙述。　⑨横流涕：犹言眼泪纵横。潺湲：泪流不止的样子。隐：痛，痛苦。陫侧：即悱恻，悲伤。　⑩桂棹（zhào）：桂木做的桨。枻（yì）：船舷。一说是短桨。斫：砍开，破开。

采薜荔兮水中，	水里采薜荔，
搴芙蓉兮木末①。	树梢折芙蓉。
心不同兮媒劳，	心思不同媒人徒劳，
恩不甚兮轻绝②。	恩爱不深啊易绝情。
石濑兮浅浅，	水流石滩声溅溅，
飞龙兮翩翩③。	龙舟疾驰飞翩翩。

交不忠兮怨长,	爱不忠贞怨恨长又深,
期不信兮告余以不闲④。	口称无暇只是不守信。
鼋骋骛兮江皋,	清晨驰骋在水岸,
夕弭节兮北渚⑤。	傍晚上停车在北江滩。
鸟次兮屋上,	鸟落屋子上,
水周兮堂下⑥。	水流绕厅堂。
捐余玦兮江中,	把我的玉玦投江心,
遗余佩兮澧浦⑦。	玉佩也抛在澧水滨。
采芳洲兮杜若,	采摘芳洲上的杜若,
将以遗兮下女⑧。	将其赠给下界女人。
时不可兮再得,	良辰美景难再有,
聊逍遥兮容与⑨。	姑且逍遥漫步游。

【注释】

①搴：拔取，摘取。木末：树梢。薜荔本来缘木而生，荷花本来长在水里，现在却到水中摘薜荔，到树上采荷花，必然是徒劳无功。比喻等待湘君没有结果。　②媒：媒人。劳：徒劳。轻绝：轻易断绝。　③石濑：沙石滩上的流水。浅浅：水流得快的样子。翩翩：颠簸起伏的样子。两句是湘夫人眼中光景，以表其百无聊赖之情。　④期：约会。不信：不守信。不闲：没有空闲。　⑤鼋（zhāo）：通"朝"，清晨。骋骛（wù）：奔驰，

驰骋。皋：高地。弭：停止。节：马鞭。渚：水中小片陆地。
⑥次：止宿，栖息。周：环流。　　⑦捐：丢弃。玦：似环而有
缺口的玉器。玦与"诀"音近，古人往往用赠玦来表达诀别或断
绝关系的意思。遗：丢下。佩：玉佩；佩与"背"音近，把它丢
弃，也表示断绝的决心。澧：水名，一作"醴"，在今湖南境
内。　　⑧芳洲：长满香草的水中小洲。遗：赠送。下女：下界
的女子。一说指湘夫人身边的侍女。　　⑨聊：姑且。容与：不
慌不忙，犹言漫步。

湘夫人

　　湘夫人，由扮演湘君的男巫唱给湘夫人的歌。与《湘君》乃
至《九歌》其他各篇一样，诗中有些内容是巫代表神唱的。

帝子降兮北渚，	帝尧女儿降临北沙洲，
目眇眇兮愁予① 。	眼光悠远啊令我忧愁。
袅袅兮秋风，	秋风缕缕啊轻吹拂，
洞庭波兮木叶下② 。	洞庭微波啊黄叶飘落。
白薠兮骋望，	透过白薠极目远望，
与佳期兮夕张③ 。	为与佳人约会昨晚就张罗。
鸟萃兮苹中，	鸟为何落在苹草里，

罾何为兮木上^④？	鱼网为何投在树木上？
沅有茝兮醴有兰，	沅水的白芷澧水兰，
思公子兮未敢言^⑤。	暗恋着公子不敢言。
荒忽兮远望，	迷迷茫茫远张望，
观流水兮潺湲^⑥。	但见江水缓缓淌。
麋何食兮庭中？	麋鹿为何吃草在庭院，
蛟何为兮水裔^⑦？	蛟龙为何受困浅滩上？
朝驰余马兮江皋，	早晨驱马在江边高地，
夕济兮西澨^⑧。	晚上渡江到西岸旁。
闻佳人兮召予，	听说佳人将我召唤，
将腾驾兮偕逝^⑨。	驾起车儿飞驰要与她同往。

【注释】

①帝子：指湘夫人，传说她是帝尧的女儿。女儿古代也可以称为"子"。眇眇：目光远望的样子。予：我，湘君自称。　②袅（niǎo）袅：风吹落叶的样子。一说微风吹拂的样子。波：起波浪。木叶：树叶。　③白𬞟（fán）：水草名。一本"白𬞟"上有"登"字，即登上长满白𬞟的高地。骋望：纵目远眺。佳：佳人。张：陈设准备。　④萃：集。罾（zēng）：鱼网。用此网捞鱼与一般撒网不同，网四角拴在一根木杆上，先将网沉入水底，然后突然用杆把网兜起。这两句和《湘君》"采薜荔兮水中，

搴芙蓉兮木末"两句一样，都是反常之喻。　⑤荶：香草。醴：通"澧"，澧水。公子：指湘夫人。　⑥荒忽：通"恍惚"，隐隐约约的样子。　⑦麋：麋鹿。水裔：水边。这两句说麋鹿本来生活在深山中，现在却跑到庭院里来，本来生活在深水中的蛟龙，现在却出现在浅水中。比喻等待湘夫人没有结果。　⑧潗（shì）：水边。　⑨腾驾：驾车腾空。偕逝：同往。

筑室兮水中，	水中筑房舍殿，
葺之兮荷盖①。	荷叶盖屋顶。
荪壁兮紫坛，	荪草做墙紫贝铺庭，
播芳椒兮成堂②。	椒泥涂满各屋厅。
桂栋兮兰橑，	桂木做栋木兰做橑，
辛夷楣兮药房③。	辛夷为楣白芷装房。
罔薜荔兮为帷，	编结起薜荔做帐围，
擗蕙櫋兮既张④。	摆开蕙幔张高堂。
白玉兮为镇，	白玉做镇压坐席，
疏石兰兮为芳⑤。	点缀石兰散芬芳。
芷葺兮荷屋，	白芷加厚荷叶顶，
缭之兮杜衡⑥。	匝匝缠绕香杜衡。
合百草兮实庭，	集合百种香草满庭院，

建芳馨兮庑门⑦。	使芳香之气弥漫在廊庭。
九嶷缤兮并迎,	九嶷山神纷纷来迎接,
灵之来兮如云⑧。	神灵驾临好似漫天云。
捐余袂兮江中,	衣袖抛进江水里,
遗余褋兮醴浦⑨。	扳指丢到澧水滨。
搴汀洲兮杜若,	采撷水洲上的杜若,
将以遗兮远者⑩。	想要送给远方人。
时不可兮骤得,	美好时光难再得,
聊逍遥兮容与⑪。	漫步周游且散心。

【注释】

①筑：板筑，古代一种筑墙的方式。葺（qì）：覆盖，用草盖屋顶。 ②苏：即溪苏，一种芳草。紫：一种珍贵的贝类。坛：楚方言称中庭为坛。播芳椒：用花椒和泥涂墙，取其温暖芳香。一说播撒花椒。成堂：一本作盈堂。 ③橑（liǎo）：屋橼。楣：门上的横梁。药：白芷，一说即芍药。 ④罔：通"网"，编结。帷：帐子的四围。擗（pǐ）：剖开。櫋（mián）：一本作"櫋"，通"幔"，帐子的顶。一说为屏风，一说为屋檐板。张：张挂。 ⑤疏：分散地摆放。 ⑥芷葺：用白芷把屋顶加厚，指在原有的荷叶屋顶上加盖一层白芷。缭：缠绕。 ⑦合：集合。百草：泛指各种香草。实：充满。建：设置。庑：堂外周

围的廊屋。从"筑室兮水中"至"建芳馨兮庑门"十余句，写湘君为迎接湘夫人而建筑精美的住处。如此，下文的失望之情才显得深沉。　⑧九嶷：山名，在今湖南。这里指九嶷山群神。舜死在九嶷山，所以诗篇说这里的神灵也来了。缤：众多的样子。灵：指上句提到的九嶷山群神。　⑨袂（mèi）：衣袖。古音与"诀"相近，丢弃它，表示永不断绝的决心。一说为夹衣。褋（dié）：韘（shè）字的假借，即扳指，射箭时戴在拇指上用来钩弦，多用玉石制做。形状环形有缺口，喻义与玦相似。一说为单衣。　⑩搴：拔取，摘取。汀洲：水中的平地。远者：指下界之人。一说指湘夫人。　⑪骤：容易。

大司命

大司命，主宰人寿命的神。此神既见于《周礼·大宗伯》，又见于江陵楚简。不过楚简与《周礼》一样，都不分大小。关于《九歌》何以分大小，王夫之《楚辞通释》说："大司命统司人之生死，而少司命则司人子嗣之有无，以其所司者婴稚，故曰少，大则统摄之辞也。"是大小司命职责不同。大司命可能为男性神，小司命为女性。从篇中"吾与君"云云，可知楚人祭祀时，大概由女巫迎接大司命，男巫迎接少司命，男女巫各与神灵相对酬唱而且歌舞。

广开兮天门，	打开天宫所有的大门，
纷吾乘兮玄云①。	我驾着浓厚的绛云。
令飘风兮先驱，	让旋风做我的前导，
使冻雨兮洒尘②。	教暴雨洗净浮尘。
君迴翔兮以下，	司命神盘旋从天降，
踰空桑兮从女③。	翻越空桑我将你紧跟。
纷总总兮九州，	林林总总的九州众生，
何寿夭兮在予④！	你们的生死在我掌心！
高飞兮安翔，	又高又稳神飞翔，
乘清气兮御阴阳⑤。	乘着清气驾阴阳。
吾与君兮斋速，	我追神君齐步飞，
导帝之兮九坑⑥。	引导着上帝去九冈。
灵衣兮被被，	我的云霞之衣长长，
玉佩兮陆离⑦。	我的玉佩璀璨熠熠。

【注释】

①天门：天宫大门。纷：形容云浓重。玄云：黑红色的云。

②飘风：旋风。冻（dōng）雨：暴雨。　　③君：指大司命。迴翔：盘旋。踰：越过。空桑：神话中的山名。女：同"汝"，指大司命。这句是巫自述。　　④纷总总：众多的样子。寿：长寿。夭：短命。予：我，大司命。对这句的理解有分歧，一说是

人们的寿命长短都由我掌握。一说人们的寿命长短怎能由我掌握。　⑤清气：天地间清明之气。阴阳：阴阳二气；古人认为阳主生，阴主杀。　⑥吾与君：吾指巫，君指大司命之神灵。斋速：一本作"齐速"，同速前进。一说速通"遬"。斋遬，虔诚而恭敬的样子。帝：上帝，指大司命。之：往。九坑（gāng）：一本作"九阬"。一说是山名，在楚国郢都附近，是楚国祭上帝的地方。一说指九州之山，代指九州。坑，通"冈"，高地。导帝九坑正是巫者所为。　⑦灵衣：当系"云衣"之误。被被：同"披披"，长衣飘动的样子。陆离：光彩闪烁。

壹阴兮壹阳，	一阴一阳神之理，
众莫知兮余所为① 。	我司命玄机无人知！
折疏麻兮瑶华，	折下神麻玉色花，
将以遗兮离居② 。	送给离群索居人。
老冉冉兮既极，	老境渐渐到来，
不寖近兮愈疏③ 。	渐行渐远不相亲。
乘龙兮辚辚，	神乘龙车声隆隆，
高驰兮冲天④ 。	高高飞驰猛腾空。
结桂枝兮延伫，	攀持桂枝久期待，
羌愈思兮愁人⑤ 。	思念愈深心愈哀。
愁人兮奈何，	哀愁啊无奈，

愿若今兮无亏⑥。　　　　　　但愿生命永远如斯无亏败。

固人命兮有当，　　　　　　可是啊命运有定数，

孰离合兮可为⑦？　　　　　　悲欢离合怎是人力所能改？

【注释】

①对这句的理解有分歧，一说是阴阳变化莫测，一说是神光忽明忽暗，忽隐忽显。余：指大司命。　②疏麻：神麻。一说即芝麻。瑶华：菎草的花。瑶，通"蔜"。一说指玉色之花。遗：赠送。离居：离居的人，指大司命。自"折疏麻"句以下，为巫者所歌。　③冉冉：渐渐。极：至。寖近：稍稍亲近。愈疏：越发疏远，与司命之神疏远，暗含着死的意思。　④龙：指龙车。辚辚：车声。　⑤延伫：久久地站立。延，长。伫，立。⑥若今：如今。无亏：亏，亏损。无亏即生命健康。　⑦固：本来。当：正常，定规。可为：不可为。这句的意思是说，既然命的安排不在人手中，人的生死离别谁又能管得了？

少司命

近出葛陵楚简（甲一7）文有"祈福于……司折……"云云，有研究者以为即《九歌》之少司命。又"司折"亦见于齐国器铭《洹子孟姜壶》，曰"齐侯拜嘉命……于大無（巫）、司折

于（与）大司命"，"司折"与"大司命"相连，也有学者以为即少司命。关于少司命的神职，已见《大司命》题解。

秋兰兮麋芜，	秋兰啊麋芜，
罗生兮堂下^①。	丛丛簇簇生堂前。
绿叶兮素枝，	绿叶啊白花，
芳菲菲兮袭予^②。	芳菲馥郁入我心田。
夫人自有兮美子，	人人各有美儿女，
荪何以兮愁苦^③？	荪草又何必愁烦？
秋兰兮青青，	秋兰郁葱葱，
绿叶兮紫茎^④。	绿叶啊紫茎。
满堂兮美人，	满屋尽是美丽的人，
忽独与余兮目成^⑤。	刹那间四目交流灵犀一点通。
入不言兮出不辞，	来时不言离不辞，
乘回风兮载云旗^⑥。	乘着旋风啊飘云旌。
悲莫悲兮生别离，	最悲莫过生别离，
乐莫乐兮新相知^⑦。	最乐无如结新朋。
荷衣兮蕙带，	荷叶衣服蕙草带，
儵而来兮忽而逝^⑧。	忽然来到忽离开。
夕宿兮帝郊，	夜宿天国郊外，
君谁须兮云之际^⑨？	你在云端上把谁等待？

【注释】

①秋兰：即兰草，因在秋天开花，故称秋兰。麋芜：香草，七、八月间开白花，香气浓郁。"麋"字又写作"蘼"。罗生：并列而生。 ②素枝：素花，白花。枝，一本作"华"。袭：侵袭，形容香气扑鼻。 ③夫：发语词。人：人们。美子：美好的孩子。少司命主管生育和保护儿童，所以这句写到人们祈子的内容。荪：香草名，即溪荪，用来代指少司命。 ④青青：茂盛的样子；青，通"菁"。 ⑤余：巫自称。目成：眉目传情。 ⑥辞：告辞。回风：旋风。云旗：以云为旗。 ⑦相知：知己，朋友。 ⑧荷衣、蕙带：都是神的服饰。蕙，蕙草。儵（shū）：一作倏。儵、忽，都是迅速、忽然的意思。逝：去、往。 ⑨帝郊：天国的郊外，犹天界；帝，上帝。谁须：即"须谁"，等待谁。

与女游兮九河，	与你畅游在九河，
冲风至兮水扬波①。	疾风吹来涌水波。
与女沐兮咸池，	与你同浴在咸池，
晞女发兮阳之阿②。	晒晾你长发向阳坡。
望美人兮未来，	翘盼美人啊你却总不到，
临风恍兮浩歌③。	迎着长风失意放歌。
孔盖兮翠旍，	孔雀羽的车盖翡翠毛的旗，

登九天兮抚彗星④。　　　　登上九天抚彗星。

竦长剑兮拥幼艾，　　　　　手举长剑怀抱婴，

荪独宜兮为民正⑤。　　　　香荪啊您最适合掌管万民的命！

【注释】

①女：通"汝"，指少司命。九河：天河，银河。一说禹把黄河
分为九股，称九河。冲风：暴风；一说是山谷之风。古本没有这
两句，一般认为系《河伯》中的词句，窜入本篇。　　②咸池：
神话中的天池。传说太阳在那里沐浴。晞（xī）：晒干。阳之阿：
大概指传说中的旸谷；阳，太阳。阿，山陵凹曲处。　　③美
人：指少司命。悦（huǎng）：同"恍"，失意的样子。浩歌：放声
唱歌。　　④孔：孔雀。翠，翡翠鸟。旌（jīng）：同"旌"，旗
杆上的装饰。抚彗星：彗星俗称"扫帚星"，传说彗星会带来灾
难，"抚彗星"就是安抚它，不让它给人间造成灾难。一说"扫
帚星"能扫除邪秽，"抚彗星"即少司命手持彗星扫除灾难，保
护儿童。　　⑤竦：挺出，高举。一本作"怂"。幼艾：指婴儿，
幼童。荪：指少司命。正：古人称官长为正，主宰的意思。

东　君

《东君》，祭祀日神的乐歌。篇中的"吾"、"余"都是日神

自称，即是说，诗篇是以日神的口吻写的。有前辈学者以为此篇应在《东皇太一》之后，《云中君》之前，实则未必。所以认为《东君》位置该提前，是因为相信中国古代有太阳崇拜。实际上，古代先民信仰上天，不是信仰某个天体，而是恭敬日月星辰在天宇中的运行秩序，而战国楚地竹简也显示，日月之神的地位并不是很高。此篇所表，太阳从东方按时升起的那一刻才是最令人关切和欢愉的。

暾将出兮东方，	旭日将要升起在东方，
照吾槛兮扶桑①。	照我栏杆木扶桑。
抚余马兮安驱，	拍着我的马儿慢慢行，
夜晈晈兮既明②。	夜色渐消天转亮。
驾龙辀兮乘雷，	六龙之驾雷为轮，
载云旗兮委蛇③。	云旗舒卷飘扬在车上。
长太息兮将上，	长叹一声将要巡天去，
心低徊兮顾怀④。	心中踌躇留恋好彷徨。
羌声色兮娱人，	歌声舞姿多么令人醉，
观者憺兮忘归⑤。	观看的人入迷忘回归。

【注释】

①暾（tūn）：旭日。东方：古代日出时分，祭日于东方。吾：太

阳自称。槛：栏杆。扶桑：神话中生长在日出处的神树。这句是说东君用扶桑树作为宫殿的栏杆。　　②抚：轻轻拍打。余：太阳自指。皎皎：同"皎皎"，明亮的样子。　　③辀（zhōu）：车辕，代指整个车子。雷：形容车声似雷。委蛇（wēi yí）：长而曲折的样子。形容旗帜舒卷飘扬。　　④低佪：徘徊不进的样子。顾怀：怀念，怀恋。　　⑤声色：指祭神的乐舞。娱人：使人愉悦。憺（dàn）：安，有沉浸的意思。此句是日神眼中热烈的祭祀场面。

緪瑟兮交鼓，	急促弹瑟鼓对鼓，
萧钟兮瑶虡①。	撞起编钟架轻摇。
鸣篪兮吹竽，	吹响了篪儿奏起竽，
思灵保兮贤姱②。	想着美貌贤德的巫女。
翾飞兮翠曾，	翩跹舞姿忽而低忽高扬，
展诗兮会舞③。	首首歌诗伴舞唱。
应律兮合节，	合乎音律应节拍，
灵之来兮蔽日④。	群神遮天蔽日享祭来。
青云衣兮白霓裳，	青云为衣白霓裳，
举长矢兮射天狼⑤。	搭起长箭射天狼。
操余弧兮反沦降，	搭开木弓天狼应声降，
援北斗兮酌桂浆⑥。	举起北斗舀桂浆。

撰余辔兮高驼翔，　　　　抓紧缰绳高飞驰，

杳冥冥兮以东行⑦。　　　　幽暗中赶路回东方。

【注释】

①緪（gēng）：绷紧。交鼓：古人把鼓悬在木架上，多二人对击，所以说交鼓。箫：应作"撎"，敲击。瑶：通"摇"，摇摆。虡（jù）：悬挂钟磬的木架。　②篪（chí）：通"篪"。古代一种竹制吹奏乐器，类似笛，八孔。灵保：指巫，迎接日神者。此句是说日神喜爱巫祝人员。　③翾（xuān）：轻轻地低飞。翠曾：翠，即"猝"；曾，即"翻"，高飞；翠曾，即像鸟一样猝然高飞。此句形容巫的舞姿变化。展诗：一首接一首地吟唱诗歌；展，陈。会舞：众人一同起舞。　④应律：合于音律。合节：跟随节拍。灵：跟随东君来飨祭的众神。　⑤青云衣、白霓裳：诗以日落时的晚霞比喻东君的服饰。矢：矢与下句的"弧"合起来当指天上的弧矢星，又称天弓，由九颗星组成，形似弓箭，指向天狼。天狼：星名，主侵掠。　⑥弧：木弓。反：反身。沦降：降落。援：拿起。北斗：星名，由七颗星组成，形似舀酒的斗。桂浆：桂花泡的香酒。　⑦撰：抓住。辔：缰绳。驼：应作"驰"。杳：深远的样子。冥冥：幽暗。以东行：往东方行，指太阳回返东方。此句表明战国时人认为一昼夜即太阳运行的一个周期。

河 伯

　　《河伯》，祭祀黄河之神的歌曲，表现了河伯对洛水之神即洛嫔的思恋之情。河伯名冯夷，文献记载说冯夷以八月上庚日渡河溺死，天帝命之为河神。《天问》和《史记》又有河伯娶妻的记载。黄河不经过楚国，按礼也不应该祭祀。然《九歌》有河伯之祭，当与楚人曾在北方黄河流域生活有关，是楚人远古生活记忆的存留。

与女游兮九河，	与你一同游九河，
冲风起兮横波①。	暴风突起水扬波。
乘水车兮荷盖，	乘坐水车荷叶盖，
驾两龙兮骖螭②。	两龙为驾螭骖车。
登昆仑兮四望，	登上昆仑四下望，
心飞扬兮浩荡③。	神思飞扬心开阔。
日将暮兮怅忘归，	天色将晚乐忘返，
惟极浦兮寤怀④。	想着远岸心欢乐。
鱼鳞屋兮龙堂，	鱼鳞瓦屋龙壁堂，
紫贝阙兮朱宫⑤，	紫贝楼台红宫墙，
灵何为兮水中？	水灵为何停在水中央？

乘白鼋兮逐文鱼⑥，	乘着白龟逐斑鱼，
与女游兮河之渚，	与你同游在河洲，
流澌纷兮将来下⑦。	冰凌纷纷顺河流。
子交手兮东行，	拱手告辞向东行，
送美人兮南浦⑧。	送你送到洛水入河南浦口。
波滔滔兮来迎，	波涛滚滚前来迎，
鱼邻邻兮媵予⑨。	鱼群纷纷送我伴左右。

【注释】

①女：即"汝"，与河伯相恋的女神，即洛神。九河：据说禹治水时为防止河水泛滥成灾，曾开凿数条河道，把黄河分为九股，并行入海，称为九河。冲风：暴风。一说旋风。横波：大波浪。一本作"扬波"。　②水车：河伯所乘的车子。两龙：《山海经·海内北经》："冰夷人面，乘两龙。"冰夷即冯夷，长有人的面孔，出行两龙为驾。骖（cān）：古代以四马驾车，中间的两匹马叫做服，两边的两匹马叫骖。这里骖是动词，以螭为马的意思。螭（chī）：无角之龙。　③浩荡：心情开阔。　④怅：应为"惝"字之误，安乐。惟：思念。极浦：遥远的水岸。寤怀：开怀，释怀。　⑤鱼鳞屋：用鱼鳞铺顶的屋子。龙堂：壁上画龙的厅堂。一说为用龙鳞盖的厅堂。紫贝：海贝的一种，很珍贵。阙：宫殿门口两边的楼台，中间有道路。朱宫：涂成红色

的宫殿。一本作"珠宫",用珍珠建的宫殿。　　⑥灵:指洛神。
这句表明河伯邀洛神来为她准备的宫殿,洛嫔却在犹豫。不过看
下文,她最终还是来了。鼋(yuán):大鳖。文鱼:有斑纹的
鱼。　　⑦渚:水中的小块陆地。流澌:解冻时河水漂浮的冰
块。此句点明了河泊与洛嫔相会的时节。　　⑧子:您,指河
伯。交手:拱手,表示告别。一说握手告别。美人:指洛神。南
浦:洛水与黄河的连接处;洛水自南注入黄河,故称。上一句为
洛神口吻,此句则为河伯语气。　　⑨邻邻:一本作"鳞鳞",
一个挨着一个,众多的样子。媵(yìng):本指伴嫁的女子,这里
意思是陪伴,相送。最后两句作洛嫔口吻。

山　鬼

　　《山鬼》,祭祀山神的乐歌。山神是古代礼敬的天地神灵之
一,然而此篇所写山神富有女性特征。清人顾成天《九歌解》认
证此篇与巫山神女故事有关,今人郭沫若《屈原赋今译》更认为
诗中的"於山"即"巫山"。如此,诗篇与巫山神女传说有关。

若有人兮山之阿,	仿佛有人在山坳,
被薜荔兮带女罗①。	身披薜荔萝束腰。
既含睇兮又宜笑,	媚眼半开最宜笑,

子慕予兮善窈窕②。　　　　　　　　爱我姿容好窈窕。

乘赤豹兮从文狸，　　　　　　　　乘着红豹子身后随花狸，
辛夷车兮结桂旗③。　　　　　　　　辛夷木车捆桂旗。

被石兰兮带杜衡，　　　　　　　　石兰为披杜衡带，
折芳馨兮遗所思④。　　　　　　　　折下芳香送所爱。

余处幽篁兮终不见天，　　　　　　身在幽暗竹林终日不见天，
路险难兮独后来⑤。　　　　　　　　路途艰险来得晚。

表独立兮山之上，　　　　　　　　孤标兀立高山顶，
云容容兮而在下⑥。　　　　　　　　云气涌涌脚下翻。

杳冥冥兮羌昼晦，　　　　　　　　光线昏暗白昼黑黢黢，
东风飘兮神灵雨⑦。　　　　　　　　东风一飘神灵忽降雨。

留灵修兮憺忘归，　　　　　　　　留恋所爱啊忘回归，
岁既晏兮孰华予⑧？　　　　　　　　时光已逝谁能让韶华再返回？

采三秀兮於山间，　　　　　　　　采集灵芝巫山间，
石磊磊兮葛蔓蔓⑨。　　　　　　　　乱石磊磊藤葛蔓。

怨公子兮怅忘归，　　　　　　　　盼不到公子心怀恨不知返，
君思我兮不得闲⑩。　　　　　　　　若真想我怎会无余闲？

山中人兮芳杜若，　　　　　　　　山中女神芳香似杜若，
饮石泉兮荫松柏⑪，　　　　　　　　松柏荫下饮山泉，
君思我兮然疑作。　　　　　　　　你的思念真让人信疑各一半。

雷填填兮雨冥冥⑫，　　　　　　　　雷声隆隆雨绵绵，

猿啾啾兮又夜鸣。　　　　　猿声凄厉彻夜声啾啾。

风飒飒兮木萧萧^⑬，　　　山风呼啸落叶沙沙，

思公子兮徒离忧^⑭。　　　思念公子徒惹悲愁。

【注释】

①若：好像，仿佛。阿：山坳。被：同"披"。薜荔（bì lì）：一种蔓生植物，又叫木莲。女罗：即女萝，又名菟丝，也是蔓生植物。　　②含睇：眼睛半睁，脉脉含情。宜笑：适于笑，牙齿长得整齐美观，因而笑得好看。子：指山鬼爱慕的人，或云即男巫。予：山鬼自称。窈窕：美好的样子。　　③文狸：有花纹的狸猫。狸，狸猫，猫科动物。结桂旗：用桂枝编成旗子。　　④带杜衡：用杜衡作带。芳馨：泛指香花芳草。遗：赠送。　　⑤余：山鬼自称。篁（huáng）：竹子的一种，在此指竹林。　　⑥表：突出，特立。容容：云气浮动的样子。　　⑦杳：遥远的样子。昼晦：白天光线昏暗。神灵：指山鬼，传说巫山神女能"旦为朝云，暮为行雨"。雨：行雨，降雨。　　⑧留：挽留。一说等待。灵修：山鬼称呼恋人。岁既晏：年纪老了；晏，迟，晚。孰：谁。华：美。　　⑨三秀：灵芝的别名，传说灵芝一年开三次花，故称三秀。於山：即巫山。磊磊：乱石堆积的样子。蔓蔓：蔓延的样子。　　⑩公子：山鬼称恋人之名。怅：惆怅。君：山鬼称恋人。我：山鬼自称。　　⑪山中人：山鬼自称。杜若：香

草名。石泉：山泉。荫松柏：用松柏遮阴。　⑫然疑：将信将疑。作：产生。填填：雷声。　⑬猨：同"猿"。飒飒：风声。萧萧：风吹叶落的声音。　⑭徒：徒然，白白地。离：通"罹"，遭受。

国　殇

《国殇》，歌颂为国而死的人。他们因国事而死于非命，故称国殇。包山楚简（225）有"举祷于殇东陵连嚣子发"语，可知楚国确实是为那些战斗死者举行祭祀典礼的。经过屈原加工的《国殇》，就是专门祭祀那些为国捐躯者、向他们表达敬意的篇章，具有强烈的时代色彩。

操吴戈兮被犀甲，　　　　拿起锋利吴戈，披上犀皮铠甲；
车错毂兮短兵接①。　　　双方车轮交错，敌我短兵相加。
旌蔽日兮敌若云，　　　　旌旗遮住太阳，敌人多如云团；
矢交坠兮士争先②。　　　羽箭纷纷下落，军士奋勇当先。
凌余阵兮躐余行，　　　　打乱我的阵脚，冲垮我的队行；
左骖殪兮右刃伤③。　　　左边骖马战死，右边战马创伤。
霾两轮兮絷四马，　　　　两轮陷入泥土，四马都被绊住；
援玉枹兮击鸣鼓④。　　　奋起玉饰鼓槌，嘭然擂响战鼓。

天时怼兮威灵怒，　　　　　　上天已经震怒，神灵也在发威；
严杀尽兮弃原壄⑤。　　　　　　残酷搏杀完结，军士弃尸荒野。

出不入兮往不反，　　　　　　出征不能回归，一去再不复返；
平原忽兮路超远⑥。　　　　　　平原多么苍茫，路途多么遥远。

带长剑兮挟秦弓，　　　　　　身带长长利剑，手握秦地良弓；
首身离兮心不惩⑦。　　　　　　身首虽然分离，至死不悔忠诚。

诚既勇兮又以武，　　　　　　果然十分勇敢，又是那么威猛；
终刚强兮不可凌⑧。　　　　　　至死刚毅顽强，不可侮辱欺凌。

身既死兮神以灵，　　　　　　身躯虽然已死，精神却将永恒；
子魂魄兮为鬼雄⑨。　　　　　　你的忠魂毅魄，定为鬼中英雄。

【注释】

①吴戈：吴地所产的戈，以锋利著称。戈是古代一种长兵器，顶端装有横刃。被：披。两字古通用。犀甲：犀牛皮做的铠甲。错毂（gǔ）：车轮交错。毂，车轮中心穿轴的圆木，两头长尖，有金属包裹。短兵接：指近战；短兵，指刀剑一类；短是相对于弓矢而言。　　②交坠：两军互相射箭，箭交相坠落。　　③凌：侵犯。阵：阵脚，队形。一说阵地。躐（liè）：践踏。行：行列，队伍。殪（yì）：死。右：右边的骖马。刃伤：被兵器砍伤。　　④霾（mái）：通"埋"，指陷入泥中。絷（zhí）：绊。援：拿起。玉枹：用玉装饰的鼓槌。　　⑤天时怼（duì）：一本作"天时坠"，日暮。

一说上天发怒；怼，震怒。威灵：神灵。严杀：严，残酷；严杀即残杀，尽杀。弃原壄：壄，"野"的异体字；弃原野指将士的尸体丢弃在原野，没有人收殓埋葬。　⑥反：返。忽：辽阔渺茫。超远：遥远。　⑦秦弓：秦地所产的良弓。秦地盛产质地坚硬的木材，制造的弓射程比较远。惩：后悔。　⑧诚：实在，确实。勇武：勇，英勇，指精神；武，有武艺有力量。终：毕竟，到底。凌：精神上不可战胜。　⑨灵：灵验，显灵，即精神不死之意。子魂魄：一本作"魂魄毅"。鬼雄：鬼中的雄杰。

礼 魂

《礼魂》，送神曲。自《东皇太一》请出最高神之后，陆续请出各位神灵加以祭祀。典礼结束后，敬送各位神灵归位，此时歌唱《礼魂》。又有人认为"礼魂"之"魂"当为"成"字之误，礼魂实即礼成；也有人认为"礼魂"只是《国殇》一篇的乱辞，其"礼魂"一名，与《国殇》"子魂魄兮为鬼雄"一句相应。这些说法，姑备参考而已。

成礼兮会鼓，	典礼完成齐声击鼓，
传芭兮代舞，	传递香花轮番起舞，
姱女倡兮容与①。	美女歌唱从容有度。

春兰兮秋菊，	春有兰啊秋有菊，
长无绝兮终古②。	永不断绝传千古！

【注释】

①成礼：祭礼完成。会鼓：众鼓齐鸣。芭：通"葩"，花。一说芭蕉。代：轮流，交替。姱：美好。　②菊：一本作"鞠"。终古：久远，永远。

【评析】

朱熹在其《楚辞辩证》曾这样评价《九歌》："楚俗祠祭之歌……或以阴巫下阳神，或以阳神接阴鬼。"他实际注意到了《九歌》的一大特点，即诗篇多采取了男女对唱亦即人神对唱的方式，而且，这对唱的情调，还是表达男女相恋的。其中尤以《湘君》、《湘夫人》为最，相互间因相思而寻找，寻找不见，即翘盼，继而猜疑，以至撇掉赠送之物。就是神，只要陷入爱，也会变得急躁多疑，正是楚国鬼神祭典人化神灵倾向的表征，《大司命》、《少司命》乃至《河伯》、《山鬼》都有这样的特点。如此，庄重祭祀明显戏剧化了。祭祀却以爱情来娱神，可能与远古祭祀"以身事神"的习俗有关。远古事神不外祈求生产与生育，每每伴随两性活动。从这一角度说，《九歌》之人神（男女）歌唱，是对古俗的提纯与升华。人神之间一股股"微漠的难以掩抑的深长的感伤情绪"（马茂元《楚辞选》）正是篇章最迷人的地方。艺术上，《九歌》又是富于神韵的，《湘夫人》中"帝子降兮北渚"一段，袅袅秋风、片片落叶，是徐徐而下的帝子衬托，微波荡漾的清影与美人眇眇相映，明晰的图景，淡淡的哀愁，是何等灵动、风情万种的妙境！《九歌》的风格是多样的，二《湘》之外，《大司命》颇带几分庄严，《少司命》则更多几分恋慕的风情；《河伯》的人神之爱如伴如友，颇有些豪情，《山鬼》则幽俏冷艳，明显有一股幽怨；《东君》的格调是热烈的，而《国殇》的风格偏于雄浑豪迈。与《离骚》、《天问》相比，《九歌》各篇是短歌微吟的，不论各篇的情调如何变化，整体上明朗活泼、玲珑剔透的风格，都是十分明显的。

天 问

　　《天问》，关于天地、自然和人世一切事物现象的发问。诗篇从天地未分、阴阳变化、日月星辰，一直问到动植珍怪、神话传说乃至圣贤凶顽和近世的治乱兴衰。凡此种种都一并在"天"这大题目下发问，表现出强烈的探索精神。诗篇结构，先自然后人事，人事的发问又由远及近，次第有序，可见是精心安排的。关于《天问》创作，旧说屈原放逐之后，徘徊楚地山泽，见楚先王及公卿庙宇墙壁画有天地山川神灵及圣贤怪物行事的图绘，于是呵而问之。自来学者对此有信有疑，疑者又各有主张。近年有学者提出新说，以为《天问》的发问形式，恰表明诗篇是保存在楚地的古人记忆、传承自己民族文化经验、历史经历的"创世史诗"。

曰：遂古之初，	请问：远古初年的事，
谁传道之^①？	是谁传说了下来？
上下未形，	天地尚未形成，
何由考之^②？	根据什么来考定？
冥昭瞢闇，	一片混沌冥昧，
谁能极之^③？	有谁能究其根由？
冯翼惟像，	元气无形无象，
何以识之^④？	如何加以辨识？
明明闇闇，	白日黑夜交替，
惟时何为^⑤？	时间是何等之事？
阴阳三合，	阴阳交互作用，
何本何化^⑥？	什么是本根什么又是衍生？
圜则九重，	浑圆的天有九重，
孰营度之^⑦？	是谁围绕它测量？
惟兹何功，	这工程多么宏浩，
孰初作之^⑧？	最初由谁来建造？
斡维焉系？	天如车盖系在哪里？
天极焉加^⑨？	天枢北斗又安在何地？
八柱何当？	八根天柱竖在哪里？
东南何亏^⑩？	大地东南为何低洼？
九天之际，	九野之间的边际，

安放安属⑪？	何处安放又在何处接搭？
隅隈多有,	天空有许多拐角,
谁知其数⑫？	有谁知道它的多少？

【注释】

①曰：发问之语。遂古：远古；遂，通"邃"，悠远。传道：传说。　②上下：指天地。形：有形状。考：考证，考究。一说形成。　③冥昭：昏暗。冥，昏暗。昭，明亮。冥昭，偏指冥。瞢闇（méng àn）：昏暗。瞢，模糊不清，昏暗。一本作瞢暗。极：穷究。　④冯翼：无形无状的样子。《淮南子·天文训》："天地未形，冯冯翼翼。"高诱注："冯翼，无形之貌。"一说大气浮动的样子。惟：语气词。像：想象。一说形象，景象。　⑤明：白天。闇（àn）：黑夜。时：时间。一说通"是"，这。　⑥三合：相互作用。三，通"参"。一说指天、地、人三才。本：本源。化：化育，化生。　⑦圜：音义都同于"圆"，指天，古人认为天圆地方。九重：九层。古人想象天有九层。营：通"环"，围绕，环绕。一说营造。度：测量。　⑧兹：这。功：工程，指九重天的营造。　⑨斡（wò）：车盖。古人认为天如车盖笼罩着大地。一说斗柄，指北斗柄部的三颗星。维：绳子。焉：哪里。天极：即北斗。加：安放。　⑩八柱：古代传说有八座大山作为支柱，支撑起天空。当：在。亏：缺陷，缺

损。传说共工与颛顼争帝失败，怒触不周山，天柱折断，天倾西北，地陷东南。所以河流都向东流，东南形成了大海。　⑪九天：指天的中央和八方，又称九野。际：边界。安：哪里。属：连接。　⑫隅（yú）：角落。隈（wēi）：弯曲的地方。《淮南子·天文训》："天有九野，九千九百九十九隅。"

天何所沓？	天与地在哪里会合？
十二焉分^①？	十二次是怎样划分？
日月安属？	太阳月亮挂在哪里？
列星安陈^②？	群星又陈列在何处？
出自汤谷，	太阳从那汤谷出巡，
次于蒙汜^③；	晚上宿于蒙水之沜；
自明及晦，	从早晨一直到黄昏，
所行几里^④？	一共走了多少里路？
夜光何德，	月亮拥有什么本领，
死则又育^⑤？	居然能够死而复生？
厥利维何，	那样做有什么好处，
而顾菟在腹^⑥？	在肚子里养只玉兔？
女歧无合，	女歧她没有过丈夫，
夫焉取九子^⑦？	如何生出九个孩子？
伯强何处？	风神伯强住在何处？

惠气安在⑧？	和风又从哪里吹出？
何阖而晦？	为何天门关上就天黑？
何开而明⑨？	为何天门打开就天亮？
角宿未旦，	当东方角星没有闪耀，
曜灵安藏⑩？	太阳又在哪里躲藏？

【注释】

①杳：重叠，会合。古代认为天像一口锅一样倒扣在大地上，因而问天地在哪里弥合。一说杳通"蹋"，即踏。这句是问天足踏在什么地方。十二：指十二次，即木星古纪年法。参《离骚》"摄提贞于孟陬兮"句注。　②属：附着。　③汤谷：传说中的地名，古人认为是太阳升起的地方。次：止息，住宿。蒙汜：古代神话中太阳停宿的地方。蒙，传说中水名；汜，水边。　④明：白天，天亮。晦：夜晚。　⑤夜光：月亮。德：本领。月亮每月圆缺变换一次，古人认为月亮具有死而复生的本领，每月生一次，死一次。一说通"得"，获得，与嫦娥偷吃不死药的传说有关。育：生。　⑥利：好处。一说通"黎"，指月中黑影。顾菟：兔子。因兔子奔跑时喜欢回头看，所以叫"顾兔"。一说顾为发语词，无义。一说顾菟是蟾蜍的异名。一说为楚方言，老虎。　⑦女歧：即九子母，神女，又为星名。传说她没有丈夫却生了九个儿子。　⑧伯强：风神，又名禺强。

一说指箕星。惠气：和风。气，风。　　⑨阖：关闭。　　⑩角宿：二十八星宿之一，为东方七宿的第一宿，有两颗星。传说这两颗星之间为天门。旦：天明。曜灵：指太阳。

以上第一段，主要就天地日月等自然方面的现象发问。

不任汩鸿，	鲧不能担当治水重任，
师何以尚之^①？	众人为何还将他推荐？
佥曰何忧，	都说："不必太过担心，
何不课而行之^②？	为何不让他先试试看？"
鸱龟曳衔，	鸱鸟和乌龟拖土衔泥，
鲧何听焉^③？	鲧为何随从它们足迹？
顺欲成功，	治水眼看就要成功，
帝何刑焉^④？	帝尧为何把他严惩？
永遏在羽山，	长期被幽禁在羽山，
夫何三年不施^⑤？	为何多年也不赦免？
伯禹愎鲧，	大禹在鲧的肚子里，
夫何以变化^⑥？	又是怎样孕育生成？
纂就前绪，	大禹继承治水重务，
遂成考功^⑦。	终于完成先父大功。
何续初继业，	为何大禹子承父业，

而厥谋不同⑧？	他的措施却不相同？
洪泉极深，	滔滔洪水深不见底，
何以寘之⑨？	他是用什么来填平？
地方九则，	广袤大地分为九州，
何以坟之⑩？	他又如何积土成丘啊？
河海应龙，	长翅的应龙如何用尾画地，
何尽何历⑪？	它经了哪些海与河？
鲧何所营？	鲧经营了什么事情？
禹何所成⑫？	禹取得了哪些成功？
康回冯怒，	共工勃然大怒，
地何故以东南倾⑬？	大地为什么就向东南倾？

【注释】

①任：胜任。汩（gǔ）：治水。鸿：洪水。师：众人。一说百官。尚：推举，推荐。何以尚即推荐谁的意思。　　②佥（qiān）：都。何忧：有什么可忧虑？课：考核，试验。此句是说众官推荐鲧治水的故事，见《尚书·尧典》。　　③鸱（chī）龟：鸱，鸟名。一说鸱龟是一物，即《山海经·中山经》所说的旋龟。曳：拉，牵。听：听从，听任。对这句话的理解历来存在分歧：一说是鸱龟以拉土衔泥的方式向鲧示意堵塞洪水，鲧就听从了它们的建议；一说是鲧被杀之后，尸体被龟鸟争食，鲧只能听任它们；

一说是龟鸟破坏堤防，鲧却听任不理。　　④顺欲：顺从愿望。一说将要。帝：帝尧。一说上帝。刑：惩罚。　　⑤遏：囚禁。三年：多年。施：通"弛"，释放。这句的解释多有分歧：一说鲧被囚多年也不释放；一说鲧被囚多年也没被处死；一说鲧被杀，尸体三年不腐。　　⑥伯禹：即禹，因尧曾封他为夏伯，所以称伯禹。愎：一本作"腹"，肚子。传说鲧死后尸体三年不腐，用刀剖开他的肚子，就生出了禹。　　⑦纂（zuǎn）：继续。就：成就。绪：指治水的事业。考：已死的父亲称考。功：事业。⑧续初继业：继承先人的事业。"续初"与"继业"互文。谋：方法。传说鲧治水用堵塞的方法，禹用疏导的方法。　　⑨洪泉：洪水。泉，通"渊"。一说洪水的源泉。窴：音义都同于"填"字。　　⑩方：分。一说广。九则：九州。九州，即九块能居住人群的高地。一说九等，传说禹治水后把全国的土地按优劣分为九等。坟：土堆，引申为堆积。一说通"分"，划分。　　⑪"应龙"二句：一本两句作"应龙何画，河海何历"，可从。应龙是传说中一种有翅膀的龙。画，传说应龙用尾巴画地，标出疏导河水的路线，禹便根据应龙的画疏通江河。历，经过。　　⑫营：经营，营建。　　⑬康回：即共工。冯：大。传说共工与颛顼争帝失败，怒触不周山，天柱折断，天向西北倾斜，大地东南低陷。所以河流都向东流，在东南形成了大海。

九州安错？	大地九州如何安置？
川谷何洿①？	河谷之地为何低陷？
东流不溢，	百川东流大海却从不外溢，
孰知其故②？	谁知这是什么道理？
东西南北，	从东到西从南到北，
其修孰多③？	纵横哪个距离更长？
南北顺椭，	如果南北更为狭长，
其衍几何④？	又比东西长出几许？
昆仑县圃，	昆仑山顶上的悬圃，
其尻安在⑤？	它的尾部坐在何地？
增城九重，	昆仑山上九层增城，
其高几里⑥？	它的高度有多少里？
四方之门，	昆仑山四面的山门，
其谁从焉⑦？	是谁从那里进出？
西北辟启，	西北方的山门开启，
何气通焉⑧？	是什么风吹过那里？

【注释】

①错：措，放置。洿（wū）：低洼，深陷。一说为开掘。

②溢：满。这句指百川归海，大海也不满溢。 ③修：
长。 ④椭：狭长，一说椭圆。衍：余，多出，一说广

大。　　⑤县（xuán）圃：神话地名，传说在昆仑山顶与天相通之处，上不连天，下不接地，故称悬圃。县为悬本字。凥（jū）：古"居"字，地址。一说应作凥，基础。　　⑥增城：神话地名。传说昆仑山分为三级，最上一层即为增城，也称"层城"。九重：传说增城有九层，高一万一千里一百一十四步二尺六寸。⑦四方之门：昆仑山四方的山门。一说天的四方的四个天门。⑧西北：指昆仑山西北方的山门，传说不周风就从这里通过。不周山传说是地狱幽都的门户，不周风被看作是阴风、肃杀之风。辟起：开启。

日安不到？	太阳哪里普照不到？
烛龙何照①？	为何还要烛龙照亮？
羲和之未扬，	羲和还没扬鞭启程，
若华何光②？	若木为何发出光芒？
何所冬暖？	什么地方冬天温暖？
何所夏寒③？	什么地方夏天寒凉？
焉有石林？	哪里有石头的树林？
何兽能言④？	什么野兽能作人言？
焉有虬龙，	哪里有无角的虬龙，
负熊以游⑤？	背着大熊四处游转。
雄虺九首，	九个头的毒蛇雄虺，

儵忽焉在⑥？　　　　飞快地去了哪里？

何所不死？　　　　何处是不死之国？

长人何守⑦？　　　　高大巨人守卫什么？

靡蓱九衢，　　　　浮萍居然长了九个枝丫，

枲华安居⑧？　　　　枲麻开花又长在哪里？

一蛇吞象，　　　　巴蛇可以吞下大象，

厥大何如⑨？　　　　那它又有多庞大身体？

黑水玄趾，　　　　黑水、交趾和三危，

三危安在⑩？　　　　这些地方都在何处？

延年不死，　　　　那里的人长生不死，

寿何所止⑪？　　　　寿命何时才能结束？

鲮鱼何所？　　　　鲮鱼到底生活在哪里？

魁堆焉处⑫？　　　　吃人魁堆鸟到底居住何处？

羿焉彃日？　　　　后羿如何射日？

乌焉解羽⑬？　　　　日中金乌又如何死去？

【注释】

①烛龙：神名。据《山海经·大荒北经》，在太阳照不到的遥远北方，是烛龙照亮大地。　　②羲和：传说中为太阳驾车的神。扬：扬鞭启程。若华：神话中若木开的花。传说若木生长在西方日落之处，当太阳落在若木之下，若木的花就会发出红色的光照

亮大地，是古人对晚霞的一种想象。　　③所：地方。　　④石林：传说西南有石树成林。一说昆仑山上有玉石树林。兽能言：会说话的野兽。一说即看守昆仑山大门的"开明兽"。　　⑤虺：一种无角之龙。负：背。熊：动物，性凶猛。一说通"能"，指鳖。　　⑥虺（huǐ）：传说中的一种毒蛇。儵（shū）忽：指闪电，比喻速度极快的样子。一说儵忽为二神名，南海之帝为儵，北海之帝为忽。　　⑦不死：长生不死。《山海经·海外南经》记载交胫国东有"不死民"，"其人为黑色，寿不死"。《山海经·大荒南经》中也有"不死之国"。长人：指防风氏。传说他身长三丈，死后一节骨头就装满了一车。一说指长寿之人。守：守卫。传说禹令防风氏守封、嵎之山。　　⑧靡蓱：蓱通"萍"，靡蓱又叫麻蓱。九衢（qú）：九个枝丫。衢，本指道路，这里指树的分岔。枲（xǐ）：一种麻。分岔的靡蓱和开花的枲麻都是不常见的奇异的景象。　　⑨一蛇吞象：一本作"灵蛇吞象"。指传说中的"巴蛇吞象"，《山海经·海内南经》："巴蛇食象，三岁而出其骨，君子服之，无心腹之疾。"　　⑩黑水：传说中的水名。玄趾、三危：都是传说中的山名。这三个地方都是传说中的不死之国，长寿之乡。　　⑪延：长。　　⑫鲮鱼：即陵鱼。古代传说中的一种怪鱼。《山海经·海内北经》："陵鱼人面手足，鱼身，在海中。"一说即鲮鲤，为穿山甲。鰅（qí）堆：即"鰅雀"，"堆"为"雀"字之误。一种传说中的怪鸟。《山海经·东山经》："东次四经之首，曰北号之山……有鸟焉，其状如鸡而白首，鼠足而虎爪，其名曰鬿雀，亦食人。"　　⑬羿：传说中的人名。弝（bì）：射。乌：传说太阳中有三足乌。解羽：羽毛散落，指乌死。传说太阳原有十个，每天一个，轮流出现。尧的时候，十个太阳同时出现在天上，树木、庄稼全都枯萎，野兽危害人民，尧派羿射日，射中了九个，其中的三足乌也都被射死。

以上第二段，问地形、山川及万物，并涉及鲧治水之事。

禹之力献功，	大禹努力完成功业，
降省下土四方①；	驾临九州来巡视。
焉得彼嵞山女，	在哪里遇到涂山氏女，
而通之于台桑②？	与她在台桑行了夫妇事？
闵妃匹合，	他们婚配结合，
厥身是继③；	禹有了后继者；
胡维嗜不同味，	他们怎么因嗜味相同，
而快鼌饱④？	贪图满足一朝的情欲？
启代益作后，	启代替益作了君王，
卒然离蠥⑤；	突然又遭受了灾殃；
何启惟忧，	为何夏启要遭受祸害，
而能拘是达⑥？	被拘禁却又能逃亡？

皆归射鞫，　　　　　　　益的党羽都被贯耳治罪，

而无害厥躬⑦？　　　　　夏启却没有受到损伤？

何后益作革，　　　　　　为何益的王位被启夺走，

而禹播降⑧？　　　　　　禹的后代却能兴旺？

启棘宾商，　　　　　　　启多次献祭女子给天帝，

《九辩》、《九歌》⑨；　　得到《九辩》与《九歌》；

何勤子屠母，　　　　　　为何启杀死自己的母亲，

而死分竟地⑩？　　　　　死后国土被儿子分割？

【注释】

①力：努力。献功：做出贡献，做出功绩。降：降临，下降。
省：察看。下土四方：一本作"下土方"，一本作"下土"。指天
下。　　②峗山：峗，同"涂"，古地名，传说禹在治水的过程
中娶涂山氏之女为妻。通：结成夫妇。台桑：地名。一说指桑间
野地，为男女幽会场所。　　③闵：婚配。"闵"与"昏"古音
近义通；"婚"古作"昏"。妃：配偶。匹合：婚配，匹配。厥身
是继：继其身的意思；继，继嗣。这句是说禹与涂山女结合是为
延续后代。　　④嗜：爱好，嗜好。嗜不同味：当作"嗜欲同
味"。"不"字为衍文。味：口味，这里是比喻性欲。快：快意，
满足。鼌饱：鼌，同"朝"，朝饱，古代隐语，指代性欲得到满
足。"饱"字应作"饥"，"朝饥"即《诗经·周南·汝坟》"未

见君子，怒（nì）如调饥"之"调饥"，意思也是表男女思情，与"朝饱"相同。　　⑤启：禹的儿子。益：夏禹的大臣。后：君主。相传益因助禹治水有功，禹死传位给益。此处却说启率领人攻打益，夺取帝位，对后人了解夏初这段历史颇有帮助。卒然：忽然；卒，通"猝"。离：罹，遭受。蠥（niè）：灾祸。⑥惟：通"罹"，遭受。拘：拘禁。达：逃脱。这句是说启与益争帝位，曾被拘禁，后来逃脱。　　⑦躯鞫（chè jū）：躯字当作"歇"，古代军中以矢贯耳的刑法，在此是治罪的意思。鞫，审问定罪。这句是说益的党羽都被治了罪。厥：其，指启。躬：身体。据以上诗句，看来益、启之争颇为激烈反复。　　⑧后益：因为益担任过君主，所以称后益。作革：变更。播降：播种。比喻后代兴旺不绝。一说"播降"应作"蕃隆"。　　⑨棘：通"亟"，屡次。宾：做客。商："帝"字的误写。宾帝即到天帝那里做客。一说宾为嫔，据《山海经》，启向上天献了三位嫔，才得到了天乐。《九辩》、《九歌》：乐曲名，传说启从天上所得。⑩勤子：指启。意思是给母亲带来痛苦的那位儿子。一说指禹。屠：杀。一说割裂。竟地：国土；竟，通"境"。对这句话的理解有分歧：一说启杀母，启死后几个儿子争夺王位，分裂了启建立的国家；一说启母涂山氏未分娩时，化为石头，启破石而出，碎石满地；一说启杀母求雨，把母亲的尸体分割抛弃到四境；一说禹母生禹难产，胸裂开后生禹，尸体散落于地。在儿子出生给母亲带灾难上，诸说相同。

帝降夷羿，	上天降下善射的后羿，
革孽夏民^①；	胁迫祸害夏朝人民；
胡躲夫河伯，	羿为何要射伤河伯，
而妻彼雒嫔^②？	强娶他的妻子洛嫔？
冯珧利决，	套着扳指的手张开蚌饰的弓，
封豨是躲^③；	专挑巨大野猪来射杀；
何献蒸肉之膏，	羿献的祭肉好肥厚，
而后帝不若^④？	可上帝就是不中意他？
浞娶纯狐，	寒浞想娶羿妻纯狐，
眩妻爰谋^⑤；	淫妻合伙把后羿除；
何羿之躲革，	为何后羿射得穿牛皮，
而交吞揆之^⑥？	却被身边人的阴谋所算计？
阻穷西征，	羿从鉏地西迁至穷石，
岩何越焉^⑦？	艰难险阻如何能越过？
化为黄熊，	伯鲧化身变成黄熊，
巫何活焉^⑧？	神巫怎样把他救活？
咸播秬黍，	都曾播种黑色黍，
莆雚是营^⑨；	都曾耘草在苗间；
何由并投，	为何只有鲧流放，

而鮌疾脩盈⑩？	罪过被说得恶盈满？
白霓婴茀，	白色霓裳首饰多，
胡为此堂⑪？	嫦娥妆扮为何如此靓堂皇？
安得夫良药，	羿从哪得到不死药，
不能固臧⑫？	却不能够妥收藏？
天式从横，	自然法则不可改变，
阳离爰死⑬；	阳气消散就会死亡；
大鸟何鸣？	日中金乌为何鸣叫？
夫焉丧厥体⑭？	它又怎么能把身丧？

【注释】

①降：降下。夷羿：传说是有穷国的君主，属东夷，故称"夷羿"。有关羿的传说参《离骚》"羿淫游以佚畋兮"句注。革：胁迫。"革"当为"勒"字的借字；《穆天子传注》："勒，劳也。"引申为逼迫、胁迫。辜：祸患，灾祸。 ②躲：字同"射"。妻：娶妻。雒嫔：即洛水女神宓妃，据说是河伯的妻子。雒，同"洛"。传说羿射瞎了河伯的左眼，一说将河伯射死，夺其妻雒嫔。 ③冯：拉开，拉满。珧（yáo）：蚌壳，指用蚌壳装饰的弓。决：射箭时套在大拇指上用来钩弦的工具，多以玉或金属制成，如后来的扳指。封：大。豨（xī）：野猪。 ④蒸肉：祭祀用的肉。蒸，即"烝"，冬祭。这里泛指祭祀。膏：肥

厚的肉。后帝：天帝。若：顺从，喜悦。　　⑤浞（zhuó）：寒浞，羿的相。纯狐：羿的妻子。眩妻：即玄妻，羿妻肤色黑而美，故称。一说眩妻即淫妻；眩，迷惑。　　⑥革：传说羿力大善射，可以射穿七层牛皮。交：合力，勾结。吞：吞没，吞灭。揆（kuí）：计谋。　　⑦阻：即鉏，地名。穷：即穷石，地名。西征：《左传》记载，夏朝衰落时，后羿自东方向西迁到穷石。岩：通"险"，险要。　　⑧黄熊：传说鲧死后化为黄熊，进入羽渊。熊：通"能（古音 nǎi）"，一种大鳖。一说为龙，声近而误。　　⑨咸：都，指鲧和禹。秬（jù）黍：黑色的黍子。莆蘿（guàn）：泛指杂草。莆，一种水草；蘿，通"萑（huán）"，芦草。营：当为"耘"字的假借，指除去莆蘿一类的恶草。　　⑩并投：放逐；并，通"迸"，在此为摒弃的意思。疾：罪过。脩：同"修"，长久。盈：满。这句是感叹鲧的流放和身背恶名。　　⑪霓：指霓裳。婴：颈饰。茀（fú）：妇女首饰。堂：华丽的样子。这句是形容嫦娥的盛装。　　⑫良药：不死药。固：牢固。臧：同"藏"，收藏，保管。指羿保管不当，神药被嫦娥偷吃。传说羿从西王母处求得不死药，被妻子嫦娥偷吃，奔月而去。　　⑬天式：自然的法则。从横：运动作用，变化消长；从，同"纵"。阳离：阳气离开。古人认为阳气离开身体，人就会死亡。　　⑭大鸟：指日中的三足乌。

萍号起雨，	雨师萍翳能布雨，
何以兴之①？	他又如何将雨发？
撰体协胁，	风师雨师组成一合体，
鹿何膺之②？	为何鹿体把雨师压？
鳌戴山抃，	巨龟背负大山起舞，
何以安之③？	大山为何还能安放？
释舟陵行，	浇陆地能撑船行走，
何以迁之④？	如何克服阻力向前航？
惟浇在户，	浇来到嫂子门口，
何求于嫂⑤？	他对嫂子有何求？
何少康逐犬，	为何少康放出猎狗，
而颠陨厥首⑥？	浇一下就被砍了头？
女歧缝裳，	女艾为浇缝制下裳，
而馆同爰止⑦；	两人在此同宿一房；
何颠易厥首，	为何少康砍错脑袋，
而亲以逢殆⑧？	女艾自己遭受灾殃？
汤谋易旅，	浇谋划着改换军队，
何以厚之⑨？	如何增强军事力量？
覆舟斟寻，	浇打翻了斟寻战船，
何道取之⑩？	他用什么计谋才得逞？
桀伐蒙山，	夏桀出征讨伐蒙山，

何所得焉^⑪？	他这样做有何功成？
妹嬉何肆，	妹嬉又是如何放纵，
汤何殛焉^⑫？	商汤如何把她严惩？

【注释】

①荓（píng）号：雨师的名字，又叫荓翳。兴：起，发动。

②撰：通"纂"，聚集；撰体即将众多动物形体聚集在一起。协胁：协，合；胁，人体两侧的肋骨部分；协胁指肋部相连。鹿：风神飞廉。《三辅黄图》："飞廉，神禽，能致风气者。身似鹿，头如雀，有角，有蛇尾，文如豹。"膺：当、正当。指鹿正好压在雨师身体之上。这两句的主语是"鹿"，意思是说鹿与雨师荓翳构成一个合体，两者在肋部相连。考古曾在河南濮阳西水坡发现距今6000年左右的三组用蚌壳码成的龙虎鹿图案。其中第二组图为鹿与龙、虎、蜘蛛组成的蚌塑图案，鹿就压在龙、虎之上，构成一种合体。此诗言鹿与雨师合体，或为史前蚌塑图案的变化形式。此句一本作"撰体胁鹿，何以膺之"。　　③鳌：海中大龟。戴：顶着，背着。抃（biàn）：拍手，这里是形容海龟背驮大山却能四肢舞动。　　④释：放弃。陵：陆地。迁：移动。传说浇能在陆地行舟。　　⑤浇：人名，又称过浇。参《离骚》"浇身被服强圉兮"句注。户：门。嫂：指女歧。　　⑥少康：夏代中兴之君，夏相之子仲康之孙，他杀死了浇，恢复了夏朝。

逐：通"嗾（sǒu）"，放狗咬人。传说少康最终是利用打猎的机会，放出猎犬杀死浇。颠：坠落。陨：落。　　⑦女歧："歧"当作"艾"，《左传·哀公元年》：少康"使女艾谍浇"，即派女艾在浇身边当眼线。馆同：即同馆，同居。爰：于焉的合音，于此的意思。止：停息。　　⑧易：换。厥：指女艾。传说浇与女艾私通，少康夜袭浇，错砍了女艾的头。逢殆：冒着危险，指少康亲自砍杀女艾之事。　　⑨汤：当为"浇"之误。一说"汤"古作"唐"，"唐"与"康"形近而误，故指少康。易：整顿。旅：军队。厚：加厚，增强。　　⑩斟寻：古国名，与夏同姓。据说夏相失国后投靠斟灌、斟寻两国，浇发兵灭掉了斟灌、斟寻，杀死了夏相。当时夏相的妻子身怀有孕，逃回娘家生下了孩子，即少康。少康长大后，浇继续追杀，他就逃到了有虞，在有虞国的帮助下，纠结了斟灌、斟寻两国力量，打败了浇。道：方法。　　⑪桀：夏代的最后一位暴虐君主。蒙山：古国名，即岷山。《竹书纪年》说，桀征伐岷山，得到两个美女，分别叫琬和琰。于是把元配夫人末喜抛弃在洛水边的冷宫里，末喜与商汤的谋臣伊尹勾结，灭掉了夏。　　⑫妹嬉：即末喜，夏桀的元配夫人，有施氏之女。肆：放肆。殛（jí）：惩罚。这句是问，末喜那样放肆，汤如何惩罚她。

舜闵在家，　　　　　　舜在家里本有母亲，

父何以鳏^①？	为何说他父是光棍？

父何以鳏①？　　　　　为何说他父是光棍？

尧不姚告，　　　　　　尧不告知舜的父母，

二女何亲②？　　　　　女儿怎能与舜成婚？

厥萌在初，　　　　　　舜当初是一介平民，

何所亿焉③？　　　　　怎能料到后来之尊？

璜台十成，　　　　　　玉石高台有十层，

谁所极焉④？　　　　　谁能登上玉台顶？

登立为帝，　　　　　　舜登基称帝登此台，

孰道尚之？　　　　　　又是由谁来引导？

女娲有体，　　　　　　二女侍舜很得体，

孰制匠之⑤？　　　　　如此品行谁塑造？

舜服厥弟，　　　　　　舜凡事顺从他弟弟，

终然为害⑥？　　　　　象却始终对兄要加害。

何肆犬体，　　　　　　猪狗行为舜放任，

而厥身不危败⑦？　　　为何他自己却总能避害不伤败？

吴获迄古，　　　　　　都说虞舜长命百岁，

南岳是止⑧；　　　　　最后葬在南岳苍梧；

孰期去斯，　　　　　　谁能料到就在这里，

得两男子⑨？　　　　　舜和商均都有坟墓？

缘鹄饰玉，　　　　　　食器上雕象又嵌玉，

后帝是飨⑩；　　　　　商汤高兴地享用美味。

何承谋夏桀，	伊尹充当了商汤的内应，
终以灭丧⑪？	为何最终因流放大甲而亡身？
帝乃降观，	商汤去巡视四方，
下逢伊挚⑫；	正好遇到伊尹；
何条放致罚，	汤惩罚桀放逐鸣条，
而黎服大说⑬？	为何百姓那样欢欣？

【注释】

①闵：通"母"。鳏（guān）：同"鳏"，男子成年而无妻叫作鳏。这句话是说舜有母亲，为何说他父亲是鳏夫。 ②姚告：告知舜的父母。姚，舜姓。亲：成亲。 ③厥：指舜。萌：通"氓"，指平民。亿：通"臆"，料想，猜测。这句是问舜当初做平民的时候，他如何想得到后来成帝王的事。 ④璜台：台名，玉石砌成。成：即层。极：至。 ⑤女娲："娲"字应作"媒"，侍女之称，指上文的"二女"；《说文》引《孟子》："舜为天子，二女媒。"即二女服侍。体：即"礼"，礼、体二字古可以通用。制匠：制造。匠，动词，造。制匠在此有培养、教训的意思。"女娲"两句若以抟土造人之女娲解之，其意思为女娲能造人，可她的身体又由谁制造。如此，这两句在此与上下文意不协，应是其他部分文字错简至此。 ⑥服：顺从。弟：指舜的弟弟象。终：始终。为：被。害：加害。 ⑦肆：放任。犬

体：一本作"犬豕"，犹言猪狗，指舜弟象。不危败：传说舜始终对象很恭谨，后来还把他封到有庳做国君，故有此问。　⑧吴：古吴、虞通用，虞即虞舜。获：获得。迄古：终古，得享天年。南岳：指南方大山，指舜南巡，死葬苍梧事。止：至，留住。这句是说舜以终其天年著称，为什么却葬在南方大山。

⑨期：料想。去：一本作"夫"。斯：指南岳。两男子：舜和他的儿子商均，据《山海经》，舜葬苍梧，他的儿子商均也葬在这里。　⑩缘：纹饰装饰。鹄：象。《尔雅·释器》："象谓之鹄。"是说食器上铸刻有象的图案。商周青铜器多见。后帝：指商汤。一说指上帝。飨：请人享用食物。传说伊尹想接近商汤，就利用做美食的机会，用烹调之理来说服商汤，从而被汤任用。　⑪承：接受，担当。谋：图谋。《吕氏春秋》载，商汤用苦肉计派伊尹去做夏桀的大臣，充当内应，勾结桀的元妃末喜，与汤里应外合，灭掉了夏朝。灭丧：指伊尹最终被杀。《古本竹书纪年》："伊尹放太甲于桐宫……七年、太甲潜自出桐，杀伊尹。"　⑫帝：商汤。降观：深入民间，了解民情，指出巡。伊挚（zhì）：即伊尹，名挚。　⑬何条：即鸣条，地名。放：放逐，流放。传说商汤灭夏后，把桀放逐到鸣条。黎服：百姓。服，即箙，是楚地对农夫的蔑称，楚方言称黎民为黎箙。一说"服"字当为"民"。说：通"悦"。

以上第三段，主要问夏代之事，从大禹治水，一直到商汤伐夏；其间兼涉其他远古传说。

简狄在台，	简狄深居九层高台，
誉何宜^①？	帝喾如何与她配婚？
玄鸟致贻，	黑色燕子生下鸟蛋，
女何喜^②？	简狄吃了何以怀孕？
该秉季德，	王亥秉承王季德行，
厥父是臧^③；	和他父亲一样善良；
胡终弊于有扈，	为何最终被有易驱使，
牧夫牛羊^④？	为有易氏放牧牛羊？
干协时舞，	王亥拿着盾牌跳舞，
何以怀之^⑤？	为何思念有易女？
平胁曼肤，	那个女子酥胸饱满皮肤嫩，
何以肥之^⑥？	她为什么就这样丰腴？
有扈牧竖，	王亥身为易氏牧仆，
云何而逢^⑦？	怎样遇到这个美女？
击床先出，	他被击杀在床女子却先逃，
其命何从^⑧？	王亥亡魂又向何处飘游？
恒秉季德，	王恒也秉承王季德行，
焉得夫朴牛^⑨？	哪里得到驾车的牛？

| 何往营班禄， | 为何他去谋求封赏， |
| 不但还来⑩？ | 回来时却空着两手？ |

【注释】

①简狄：传说为有娀（sōng）氏的美女，帝喾的次妃，生商族始祖契。台：传说有娀氏建了一座九层高台，让简狄和她的妹妹居住在上边。参《离骚》"望瑶台之偃蹇兮"句注。喾（kù）：即帝喾，号高辛氏。宜：通"仪"，匹配。　②玄鸟：燕子。致：送。贻：送。喜：怀孕。一本作"嘉"，义为怀孕生子。据说简狄吞食玄鸟卵而生子。　③该：通"亥"，即王亥，殷商先公先王之一。秉：通"禀"，承受，继承。季：王亥的父亲冥。传说他曾为夏水官，忠于职守，被水淹死。臧：善。　④胡：为什么。弊：困乏，疲劳。一说通"毙"，死亡。有扈：当为有易，古国名，在今河北北部涞水、易县一带。　⑤干协：盾牌，又称胁盾；协即胁，古人操盾牌时将其顶在胁部，故称。时：是。舞：即万舞，干胁之舞是其中一部分。万舞见于甲骨文，春秋时犹见记载。怀：思念。指王亥跳舞心中想着有易之君的妻子。⑥平胁：丰满的胸部。人丰满则胸部平滑，看不见肋骨。曼肤：光泽细嫩的皮肤。　⑦牧竖：牧仆，牧童。竖，竖子，对僮仆、儿童的称呼。逢：遇上，遇到。这是问王亥地位低微怎么会遇到有易氏的妻子。一说王亥与有易女子私通，被有易的牧人发

现。　　⑧击床：指有易之君趁王亥与自己妻子私通时，把王亥杀死。《古本竹书纪年》："殷王子亥宾于有易淫焉，有易之君绵臣杀而放之。"先出：指有易之女事先走掉。　　⑨恒：指王亥的弟弟王恒。商代甲骨卜辞写作"王亘"。朴牛：即服牛，用牛拉车。　　⑩营：谋求。班：分赏，赏赐。禄：爵禄。据此知王恒有在有易求封爵之事。但：当为"得"字之误。

昏微遵迹，	听说上甲微遵循先人足迹，
有狄不宁①；	有易氏于是不得安宁；
何繁鸟萃棘，	为何猫头鹰聚集灌木，
负子肆情②？	女子和男人都爱纵欲放情？
眩弟并淫，	受诱惑兄弟俩共行淫逸，
危害厥兄③；	以致害死他的长兄；
何变化以作诈，	为何有人诡计多端，
后嗣而逢长④？	后代反而兴旺绵延？
成汤东巡，	成汤去往东方巡视，
有莘爰极⑤；	直到有莘国才停止；
何乞彼小臣，	为何他求一个小臣，
而吉妃是得⑥？	却得到嘉美的妃子？
水滨之木，	水边空心桑树中，
得彼小子⑦；	找到伊尹婴儿小；

夫何恶之，	为何有莘氏讨厌他，
媵有莘之妇⑧？	用他作女儿的陪嫁？
汤出重泉，	汤离开被囚的重泉，
夫何罪尤⑨？	他曾犯下什么罪过？
不胜心伐帝，	汤没心思讨伐夏桀，
夫谁使挑之⑩？	是谁教唆他这样做？

【注释】

①昏：闻，听说。"闻"字写作"昏"，战国文字常见，如郭店楚简《老子》"上士昏道，仅能行于其中"等。微：即上甲微，王亥之子。一说为王恒之子。遵迹：遵照先人的轨迹，即继承先人事业，继承祖德。有狄：即有易。狄，通"易"。此句承前"击床先出"而来，史载王亥最终被有易杀害，后其子上甲微借兵于河伯，伐有易，杀有易国君。　②繁鸟：猫头鹰。萃：聚集。棘：酸枣树。泛指有刺的灌木。此句喻指淫乱之事。负子：妇人和男子。负，通"妇"，指有易之女。子，指王亥、王恒兄弟。肆：放纵。　③眩弟：迷惑弟弟。弟，指王恒。眩，昏乱，迷惑。　④后嗣：后代。逢：大，引申为多。　⑤有莘：古国名，在今河南中北部。爰：结构助词。极：至，到。　⑥小臣：指伊尹。吉妃：好妃子，指有莘氏的女儿。传说汤听说伊尹的才能，向有莘氏索要，有莘氏不给。于是汤请求娶有莘氏的女

儿，有莘氏很高兴，就把伊尹作为陪嫁送给了商汤。　　⑦小子：小孩，指伊尹。《吕氏春秋》记载，伊尹的母亲住在伊水边，怀孕时梦见神告诉她家乡将发大水，她就向东跑，家乡果然变成汪洋，她也变成了一株空心桑树。有莘氏女子采桑，在空心桑树中捡到了一个婴儿，并献给国君，国君派厨师抚养他长大，就是后来的伊尹。　　⑧恶：讨厌。之：指伊尹。媵：陪嫁。　　⑨出：离开，释放。重泉：监狱名。《史记·夏本纪》载桀曾囚汤于夏台。夏代监狱名夏台，重泉可能是其中的水牢。罪尤：罪过。　　⑩不胜心：不用心，没有心思。胜，任。挑：挑动。

以上第四段，主要问殷商之事。

会鼌争盟，	诸侯朝会争相盟誓，
何践吾期①？	为何遵守前定约期？
苍鸟群飞，	军队前进猛如群鹰，
孰使萃之②？	谁使他们聚在一起？
到击纣躬，	武王肢解商纣尸体，
叔旦不嘉③；	弟周公旦对此并不赞许；
何亲揆发，	周公亲自辅佐武王，
定周之命以咨嗟④？	得了天命他又为何叹息？

授殷天下，	上天把殷商政权交给周人，
其位安施⑤？	王权大位如何稳固？
反成乃亡，	大业已成周公反而要出亡，
其罪伊何⑥？	他究竟犯下了何等罪辜？
争遣伐器，	争相派遣征伐机器，
何以行之⑦？	这又怎样来指挥？
并驱击翼，	齐头并进攻侧翼，
何以将之⑧？	这又如何来统率？
昭后成游，	昭王大举南方行，
南土爰底⑨；	一直到达南国域；
厥利惟何，	那样做有什么好处，
逢彼白雉⑩？	在此遇到白羽雉鸡？

【注释】

①会朝（zhāo）：在早晨会合。会，会合；朝，通"朝"，早晨。争盟：争相盟誓。践：遵守，履行。期：约定的日期。《史记·周本纪》记载，周文王十一年武王起兵至孟津，八百诸侯不期而会。这句的意思是说，周武王伐纣时，八百诸侯前来履行十一年的盟约。　②苍鸟：指鹰，比喻武王军队将士勇猛。萃：聚集。　③到：字应作"列"，通"裂"，分割。躬：身体。叔旦：周公旦，武王弟。嘉：赞许，周公不赞成武王肢解纣的做

法。《史记·周本纪》："至纣死所，武王自射之，三发而后下车，以轻剑击之，以黄钺斩纣头，县（悬）大白之旗。"　　④亲：亲自，指周公。揆（kuí）：度量，引申为谋划。发：武王发。命：天命。咨嗟：叹息。这句是问，周公既然亲自出谋划策，定了周家的天下，为何还发出叹息之声。一本作："何亲揆发足，周之命以咨嗟？"　　⑤授殷：把殷商的天下交给周人。位：王位。施：行。在此有稳定政权的意思。这句是说上天既然给了商朝天命，为什么又要改易。　　⑥反：一本作"及"，等到。成：成功，指周王朝政权稳定。伊：语气词。这两句是说周人既成功建立政权，为什么周公反而出走。就周公奔楚事发问。⑦遣：派遣。伐器：兵器，这里指军队。以下八句都是就周昭王南征楚荆之事发问。　　⑧翼：两侧的军队，军队的两翼。将：统率。以上两句写武王克商之事。　　⑨昭后：周昭王，康王之子，穆王之父，西周第四代君主。成：通"盛"。指率军出游，规模盛大。南土：指楚国。底：到，至。史载周昭王曾出动"六师"伐淮夷，归途渡汉水时船只沉没淹死。　　⑩利：好处。白雉：白色野鸡。《古本竹书纪年》："周昭王十九年，天大曀，雉兔皆震，丧六师于汉。"言及雉兔，或与此句有关。

穆王巧梅，　　　　　　　　穆王的图谋很宏伟，
夫何为周流①？　　　　　　为何要满世去周游？

环理天下，	那样环游走天下，
夫何索求^②？	到底有什么追求？
妖夫曳衒，	妖人夫妇拖着货物，
何号于市^③？	如何在市井叫卖？
周幽谁诛，	周幽王对谁诛讨，
焉得夫褒姒^④？	于是得到褒姒这祸害？
天命反侧，	老天反复无常，
何罚何佑^⑤？	它惩罚什么又保佑谁？
齐桓九会，	齐桓屡次召集盟会，
卒然身杀^⑥。	最终他自己却死得倒霉。

【注释】

①穆王：周第五代君主，周昭王之子，名满。巧梅：讦（xū）谋
的同音字，即宏大的谋略；讦，大。周流：周游。　②环理：
周行，周游。理，通"履"，行走。《左传·昭公七年》："穆王
欲肆其心，周行天下，必将有车辙马迹也。"　③妖夫：妖人，
不祥之人。曳：拖，拉。衒（xuàn）：炫耀，指夸耀所卖货物的
好处。号：大声喊叫，指叫卖。据《国语》记载，周宣王时有童
谣："檿弧箕服，实亡周国。"当时正有一对夫妇在街上叫卖这两
件东西，宣王派人抓他们。他们往褒国逃跑，路上拾到一个女婴
并收养了她，就是后来的褒姒。　④褒姒：周幽王的王后。传

说夏衰落时，两条神龙来到宫中，自称是褒国先代国君，离开时留下了一些涎沫，夏王将其收藏在木盒里，由夏传到殷，由殷传到周，没人敢打开。周厉王末年打开看，精化为鼋，跑进后宫。一个宫女碰到它怀了孕，生了一个女孩，就把她抛在路上，被叫卖"㦬弧箕服"的夫妇拾到并收养，取名褒姒。后来周幽王欲杀褒君，褒君就把美女褒姒献给了幽王。幽王迷恋褒姒，不理朝政，最后西周被犬戎灭掉。　　⑤反侧：反复无常。　　⑥齐桓：齐桓公，春秋五霸之一。九：虚数，表示次数很多。管仲死后，齐桓公任用奸臣，造成内乱。桓公在病中被软禁在一间屋子里，不得饮食。死后六十七日，蛆虫爬出门外，人们才知道他死了。

彼王纣之躬，	说起纣王那个人，
孰使乱惑①？	是谁使他那样浑？
何恶辅弼，	为何厌恶辅佐重臣，
谗谄是服②？	却任用谄媚的小人？
比干何逆，	比干他有什么不忠，
而抑沈之③？	把他压抑不加任用？
雷开阿顺，	雷开又是何等奉承，
而赐封之④？	纣要对他那样赐封？
何圣人之一德，	为何圣人德行都一样，
卒其异方⑤。	最后结局却大不同？

梅伯受醢，	梅伯被杀制成肉酱，
箕子佯狂⑥？	箕子无奈假装癫疯？
稷维元子，	后稷本是帝喾长子，
帝何竺之⑦？	为什么对他那样憎？
投之于冰上，	把他丢弃在冰面，
鸟何燠之⑧？	鸟为何用毛把他温暖？
何冯弓挟矢，	后稷怎么操弓持矢，
殊能将之⑨？	竟有统率兵马的特殊才华？
既惊帝切激，	他的出生曾让上帝剧烈惊恐，
何逢长之⑩？	为何子孙却繁衍昌盛？

【注释】

①王纣：纣王。乱惑：昏乱迷惑。　②恶：憎恶，厌恶。辅弼：辅佐帮助。这里指辅佐重臣。谗谄：指善进谗言、阿谀奉承的小人。服：任用。　③比干：纣王的叔父，因极力进谏触怒纣王而被剖腹挖心。逆：违背。抑沈：压制，被杀。沈，沉字的异体。　④雷开：纣王的佞臣。阿：一本作"何"。赐封：赐以金玉，封以爵位。　⑤圣人：指纣王的贤臣。卒：终。异方：不同的方式。指梅伯被醢，箕子装疯，他们有相同的美德，选择的处世方式却不一样。　⑥梅伯：纣王时诸侯，因忠直进谏被纣王所杀。醢（hǎi）：菹（zū）醢。古代的一种酷刑，把人

剁成肉酱。箕子：纣王的叔父。佯狂：假装发疯。佯，假装。箕子向纣王进谏，纣王不听。于是箕子披发装疯，给人做奴仆。
⑦稷：即后稷，名弃，帝喾长子，周族远祖。竺：通"毒"，憎恶。一说通"笃"，看重。   ⑧燠：温暖。传说姜嫄生稷后，认为他不祥，曾把他扔到寒冰上，鸟用翅膀覆盖他。   ⑨冯弓：操其弓。冯：操。将：统率。这句说的是后稷为尧司马之事。《诗疏》引《尚书·刑德放》云：稷为司马。王充《论衡·初禀篇》言：弃（后稷小名）事尧为司马，后稷官，故为后稷（出刘盼遂《天问校笺》）。   ⑩帝：上帝。切激：激烈。指后稷无父而生，惊扰了上帝。《诗经·生民》言后稷初生"上帝不宁"，当即此处诗句所本。逢长：指文王作西伯，周人由此而发达。

伯昌号衰，　　　　　　　商朝衰落文王发号令，
秉鞭作牧①；　　　　　　执政做了西方的共主。
何令彻彼岐社，　　　　　是什么让周拆除旧社立新庙，
命有殷国②？　　　　　　取代商朝是命中注定？
迁藏就岐，　　　　　　　带着宝藏迁往岐山，
何能依③？　　　　　　　百姓为何来依附？
殷有惑妇，　　　　　　　殷商有魅人的妲己，
何所讥④？　　　　　　　纣王怎会听取谏议？

受赐兹醢，	纣赐用梅伯肉做的酱，
西伯上告⑤；	文王把此事告到天上；
何亲就上帝罚，	为何纣亲受上帝惩罚，
殷之命以不救⑥？	殷商的命运就此垮塌？

【注释】

①伯昌：即周文王，姓姬，名昌，商时封为雍州伯，也称西伯。号：发号施令。衰：衰落，指殷商的衰落。秉鞭：比喻执政。牧：古时代表天子管理一方事务的首长称牧。　②彻：拆除。岐社：建于岐地的社庙。岐，在今陕西岐山县东北；社，祭祀土地神的庙。周家得天下后，废弃旧有的庙而建新太庙。命：犹言命中注定。　③藏：宝藏，财物。就：到，往。依：依附。这句说的是周祖古公亶父自邠迁岐的事。古公亶父原来住在邠（今陕西旬邑、彬县一带），后为避免与戎狄的战争，携带妻子、宝藏迁居到岐山，邠地百姓也扶老携幼跟随他西迁。　④惑妇：迷惑人的妇人，指纣王的宠妃妲己。讥：进谏，规劝。　⑤受赐兹醢：纣把梅伯的肉酱分赐给大臣们。受：纣王的字。上告：上告于天。　⑥亲：亲身，本身。就：受。命：命运。

师望在肆，	姜尚肉铺做屠夫，
昌何识①？	文王又怎么认识他？

鼓刀扬声，	操刀宰牛高声叫，
后何喜②？	文王听了为何就欢喜？
武发杀殷，	武王发讨商王纣，
何所悒③？	为什么生那样大的气？
载尸集战，	车载文王灵位去征战，
何所急④？	他为什么那样急？
伯林雉经，	管叔北林自缢，
维其何故⑤？	是因什么缘故？
何感天抑地，	周公忠诚感天地，
夫谁畏惧⑥？	雷电大风让谁惧？
皇天集命，	天降成命给予殷商，
惟何戒之⑦？	商纣又何尝自我警惕？
受礼天下，	他既君临天下，
又使至代之⑧？	为何让周人把他代替？
初汤臣挚，	当初商汤任用伊尹，
后兹承辅⑨。	后来担当辅佐重任。
何卒官汤，	为何伊尹最终相汤，
尊食宗绪⑩？	死后祭典与殷商祖先一样？

【注释】

①师望：即吕尚，号太公望，俗称姜太公，被文王、武王立为

师，故称师望。肆：店铺。昌：文王名。识：知道，了解。
②鼓刀：操刀。后：文王。　　③发：武王名。恳（yì）：恨。
④尸：灵牌，木主。集战：会战。据载武王灭商时，以车载着文
王的灵位前往。　　　⑤伯林：北林，地名。在今郑州附近。雉
经：缢死，上吊自杀。当指周初管叔自杀之事。据载，管叔、蔡
叔等因不满周公摄政，而联合殷商遗民造反，失败后自经而死。
⑥何感天抑地：这一句可能问的是周公之事。据载，周公摄政，
管叔、蔡叔流言于国，诬周公将夺权。周公不得已出走。不久
"天大雷电以风，禾尽偃，大木斯拔，邦人大恐"（出《尚书·金
縢》）。诗句是说，周公忠心感动天地。　　　⑦集命：降命。戒：
戒备，警惕。这句意思是说殷商既然获得上天的大命，就应该有
所警惕。　　　⑧受：商纣王又称受、商王受。礼：通"理"，治
理。至：通"周"，古"周"、"至"两字音近义通。指周人克商
而言。　　　⑨挚：伊尹之名。承辅：担当辅佐大臣。　　　⑩官
汤：在汤处做官。宗绪：宗族血脉。这是问，起初伊尹只是一个
一般的小官，后来做辅佐大臣，最后做了相，为什么伊尹死后祭
祀的规格与商族祖先一样。

　　以上第五段，主要问周代之事。

勋阖梦生，　　　　　　　　阖闾是寿梦的长孙，

少离散亡①。	年轻时却坎坷漂荡。
何壮武厉,	为何壮年孔武勇猛,
能流厥严②?	能够使他的威名远扬?
彭铿斟雉,	彭祖调和雉鸟肉羹,
帝何飨③?	为何上帝就前来享用?
受寿永多,	赐给彭祖寿命长久,
夫何久长④?	为何他还失望不平?
中央共牧,	周公召公一同执政,
后何怒⑤?	死去的厉王为何还愤怒闹鬼?
蠭蛾微命,	百姓微弱低贱如蜂蚁,
力何固⑥?	可力量为何强固不可违?

【注释】

①勋阖:犹言有功勋的阖闾;阖闾,又称阖庐,春秋后期吴国君主。梦:吴国国君,阖闾的祖父。生:通"姓",孙子。这句是说,阖闾是寿梦的孙子。离:通"罹",遭受。散亡:离散流亡。阖闾少时,寿梦死,其父诸樊立,诸樊死时又传位给弟弟,所以阖闾不得立。散亡即指阖闾不得君位言。　　②壮:壮年。武厉:威武猛厉。流:传播。严:当为"庄",威武。阖闾刺杀吴王僚,自立为王,故诗人问何以他那样强悍。　　③彭铿:即彭祖,传说他活了八百多岁。姓篯(jiān),名铿。受封于彭城,故

称彭祖。斟：用勺子舀取，指调和。雉：野鸡，这里指野鸡汤。帝：上帝。飨：享用。　　④受：赐予。永：长。长：通"怅"，惆怅。　　⑤中央：指周王朝。共牧：共同执政。这句是说周厉王时国人暴动，赶走厉王，周公、召公共同执政。后：君主，指周厉王。怒：周厉王死后，天大旱，房屋着火，占卜问原因，说是厉王的鬼魂在作祟。此处"怒"当指此事。　　⑥蠭蛾：蠭，"蜂"字的异体；蛾，通"蚁"；蜂蛾即蜜蜂蚂蚁。微命：生命细微弱小。固：顽强有力。这一句以蜂蛾比喻民众，仍说的周厉王平民暴动一事。

惊女采薇，	伯夷叔齐停止采薇是因女子的话，
鹿何祐①？	那白鹿为何来哺乳之？
北至回水，	向北而行到达河曲，
萃何喜②？	留下来有什么可吃？
兄有噬犬，	兄长有咬人的猛犬，
弟何欲③？	弟弟为何非要得到？
易之以百两，	用百车交换那只狗，
卒无禄④。	最终把爵位丢失了。

【注释】

①惊女采薇：伯夷、叔齐因反对武王伐商，隐居首阳山，不食周

粟，采薇而食。一个采薇女子说："这也是周朝的薇呀！"于是两人从此薇也不吃，最后双双饿死。惊，即震惊，是因为女子所言而致。白鹿：传说曾有白鹿给他们哺乳。　　②回水：黄河转弯之处，河曲。指位于河曲的首阳山。萃：止、留。喜：通"饎（chì）"，煮熟的米饭，在此作食物解。　　③兄：指秦景公。噬犬：咬人的猛狗。弟：景公之弟鍼。　　④易：换。两：通"辆"。无禄：失去爵位。秦景公有猛犬，其弟愿用一百辆车来换，秦景公不肯，后兄弟反目，鍼出奔晋国，丧失了爵位。

薄暮雷电，	天色黄昏电闪雷鸣，
归何忧①？	上天到底有什么忧愁？
厥严不奉，	上天尊严从不敬，
帝何求②？	为何还要把上天求？
伏匿穴处，	隐居大山黑洞里，
爰何云③？	还能有什么话可言？
荆勋作师，	楚王兴兵屡屡败，
夫何长④？	国家还能撑几天？
悟过改更，	君主如能幡然醒悟，
我又何言⑤？	我就再也没话可讲？
吴光争国，	吴王阖闾与楚交战，
久余是胜⑥？	为何我们都吃败仗？

何环穿自闾社丘陵，	为什么穿街过巷越丘陵，
爰出子文⑦？	私通却能生子文这贤相。
吾告堵敖以不长，	照说堵敖在位难长久，
何试上自予，	为何弑君自立的，
忠名弥彰⑧？	他的忠名反远扬？

【注释】

①薄暮：傍晚，黄昏。归：终。这句把天的电闪雷鸣当作上帝的忧虑。　②严：上帝的威严。奉：遵从。帝：上帝。何求：不遵从上天的威严，求天又有何用处？　③伏匿：隐藏。穴处：住在山洞里。处，居住。何云：说什么？这一句仍说的是诗人自己的被流放。　④荆：楚国。勋："动"字的错写。作师：兴兵打仗。指楚怀王受秦欺侮后一再兴兵伐秦，屡战屡败。长：长久。　⑤更：改。　⑥吴光：吴公子光，即阖庐。久余是胜：即"胜余久"。阖庐曾五次兴师伐楚获胜，最终打到楚国的郢都。这句问为什么吴总是打败楚国。　⑦环穿：环绕穿过。闾社：古代二十家为一闾，又称一社。"环穿自闾社丘陵"即指子文之父与妘女私通一事。此句一本作"何环闾穿社，以及丘陵，是淫是荡，爰出子文"。子文：春秋前期楚国贤相。据《左传》记载，子文的父亲与妘姓表姐妹私通生下子文，将其丢弃在云梦泽中，后来妘女的父亲到云梦打猎，发现有老虎在喂养子

文，就又把子文带回来抚养长大，后来成为楚成王时期的贤相。

⑧吾告：即语告，吾为"语"字的误笔，语告犹言人们常说。堵敖：楚文王的儿子，名熊艰（同"艰"）。试：通"弑"，臣杀君，子杀父，弟杀兄，都叫作弑。自予：自立为王。楚文王死后堵敖继位，其弟熊恽杀死堵敖自立为王，就是楚成王。弥：更加。彰：显著。这几句的意思是：人们都说堵敖命不长，可为什么杀君犯上的人却能自立为王并能声名显赫呢？

以上第六段，问古今杂事，上至殷周之际，下至春秋后期。

【评析】

　　《天问》的特点，是在"天"这样一个大名目下无所不问地"问"。因为这样的"问"，就与我国其他一些兄弟民族"创世史诗"，如藏族的《世巴问答歌》、纳西族的《创世纪》、苗族的《古歌》以及彝族的《梅葛》等有了许多重要的相似性（范卫平《文体在活动中生成——先秦诗学新论》）。上述诗篇，都有启迪思考、传播知识的教育功效。《天问》或也属于此类的篇章。《天问》一共170多问题，天文方面30问，地理方面42问，历史传说则多达95问（周秉高《楚辞解析》），可谓包罗万象。有些问题颇带理性色彩，有的今天看难免诡异，按着先天地自然，后历史兴衰，历史兴衰又大体按时间先后。也正因这一切，造成了诗篇恢弘奇异的色彩。一个个的发问排叠而来、层出不穷，这已经很让人惊叹了；天上地下，无所不问，更令人浮想联翩，眼前仿佛站立着一位顶天立地探寻的巨人。这是《天问》的特殊魅力。《天问》与其他兄弟民族创世史诗的明显分别是"只问不答"。有学者以为，能"问"则必定能"答"，所以诗篇省略"答"，全是问题的发问，可读来却不觉沉闷。这是因为诗人注意到句式的变化，或直接发问，或先简要描述然后再问；以四言为主，参以三言、五言乃至七言等，称得上是古代文学史上的杰作。

九　章

　　《九章》是屈原流放期间不同时地所作的诗篇，后人将这些诗篇搜集起来，一共九篇。西汉刘向《九叹》有"叹《离骚》以扬意兮，犹未殚于《九章》"之句，"九章"之名始见于此。诗篇显示，诗人足迹曾至汉北、沅、湘等地，而各篇在记录这些行迹的同时，更展现了诗人内心丰富的情感变化，对了解屈原的生平及创作，有重要的参考价值。其中最早的可能是《橘颂》，最晚的可能是《悲回风》、《怀沙》和《惜往日》等。《九章》有很高的艺术成就。

惜　诵

　　《惜诵》，当作于诗人被楚怀王疏远之后。诗人以痛惜的心情述说了过去的事实，在政治上遭受打击的始末，以及自己对现实的态度。此篇不仅内容上与《离骚》大致相同，且结构上也颇为相类，因而有人说它是《离骚》的草稿。篇章取开始一句前两字为题。

惜诵以致愍兮，	痛陈悲伤表达忧苦，
发愤以杼情①。	发泄愤怒抒发情懑。
所作忠而言之兮，	我所说若有一点不忠，
指苍天以为正②。	请苍天来作证。
令五帝以枯中兮，	让五方神帝来判断吧，
戒六神与向服③。	报请六神来证言。
俾山川以备御兮，	让山川之神作陪审，
命咎繇使听直④。	叫法官咎繇来断案。
竭忠诚以事君兮，	竭尽忠诚侍奉君主，
反离群而赘肬⑤。	反遭抛弃成众人的赘瘤。
忘儇媚以背众兮，	不知轻佻讨好背离庸众，
待明君其知之⑥。	只盼贤明君主把我赏识。

言与行其可迹兮，　　　　　言行是否相符可以考察，

情与貌其不变⑦。　　　　　表里是否如一无法瞒欺。

故相臣莫若君兮，　　　　　观察臣子没人比得上君主，

所以证之不远⑧。　　　　　验证起来实在不难。

吾谊先君而后身兮，　　　　先君后私是我的信条，

羌众人之所仇⑨。　　　　　因此与众人结下了仇怨。

专惟君而无他兮，　　　　　只为君王着想没有他意，

又众兆之所仇⑩。　　　　　恰恰被小人当了仇敌。

壹心而不豫兮，　　　　　　一心一意毫不犹豫，

羌不可保也⑪。　　　　　　却不能够明哲保身。

疾亲君而无他兮，　　　　　极力亲近君王没有私意，

有招祸之道也⑫。　　　　　却成了招致祸事的起因。

【注释】

①惜：痛惜，哀痛。诵：陈述。致：表达。愍（mǐn）：忧愁，愁苦。发愤：发泄愤怒。杼情：抒发情怀。杼，字当作"抒"。

②作：当从一本作"非"。正：通"证"，作证。　　③五帝：五方之帝，五方之神，东方为太昊，南方为炎帝，西方为少昊，北方为颛顼，中央为黄帝。枑：同"折"。折中即作出公平的判断。戒：通"诫"，告诉。六神：日、月、星、水旱、四时、寒暑六神。一说为上下四方之神。与：参与。向服：向，对；服，事；

向服即对证事实。　　④俾（bǐ）：使。山川：这里指山川之神。备御：指陪审。备，陪；御，侍。咎繇：即皋陶。舜时掌管刑法的大臣，传说是法制和监狱的创立者，以公正明察著称。听直：断案，判断曲直。　　⑤竭：竭尽。离群：远离，指受排挤。赘肬（zhuì yóu）：多余的肉瘤。此处比喻诗人被世人视为多余。⑥儇（xuān）：轻佻。媚：取悦于人。　　⑦迹：根据行迹核查。⑧证：验证。　　⑨谊：通"义"，合理的行为叫作义。吾谊：我认为合理的行为。身：自已。众人：指奸佞之臣。　　⑩惟：思。众兆：众人。仇：怨恨。　　⑪壹心：专心，没有二心。豫：犹豫。保：自保。　　⑫疾：通"亟"，努力，极力。有：通"又"。

思君其莫我忠兮，	没有谁比我更忠心，
忽忘身之贱贫①。	全然忘了自己贫贱的出身。
事君而不贰兮，	侍奉君主忠诚没有二意，
迷不知宠之门②。	愚笨不知道如何邀取宠信。
忠何罪以遇罚兮，	忠诚有什么罪过却被惩处？
亦非余心之所志③。	我想不通其中的原因。
行不群以巅越兮，	行为与小人不同而颠沛，
又众兆之所咍④。	又成为众人讥笑的人。
纷逢尤以离谤兮，	遭到许多的责难和诋毁，

謇不可释也⑤。	各种曲折却无法解脱。
情沉抑而不达兮，	心情沉闷压抑不能倾诉，
又蔽而莫之白也⑥。	言路阻塞无法诉说。
心郁邑余侘傺兮，	心情很苦闷我精神恍惚，
又莫察余之中情⑦。	又没有人体察我的衷情。
固烦言不可结诒兮，	本来言语太多难以传达，
愿陈志而无路⑧。	想陈述心意无法上达君听。
退静默而莫余知兮，	退处缄默没有人了解我苦心，
进号呼又莫吾闻⑨。	奋力呼号也无人听取我的心声。
申侘傺之烦惑兮，	屡屡失望我烦恼疑惑，
中闷瞀之忳忳⑩。	苦闷烦乱心绪耿耿。

【注释】

①忽：忽略，忘记。贱贫：屈原先世虽出身王族，但已是远支，相对于亲近的贵族可以说是贱贫。　　②贰：有二心。迷：糊涂，不明白。宠之门：获得宠信的途径。　　③志：通"知"，料想，知道。　　④不群：与众不同。颠越：坠落。咍（hāi）：讥笑，嘲笑。　　⑤纷：很多的样子。逢尤：遭到怨恨。离：遭受。谤：诽谤。謇：语气词。释：解开。此句一本无"也"字。⑥沉抑：沉闷压抑。"又蔽"句，一本无"也"字。　　⑦郁邑：忧愁苦闷不能诉说。侘傺（chà chì）：失意的样子。中情：内心。

"情"与下句的"路"不押韵，所以一说"中情"是"善恶"之误。一说下句的"路"是"径"之误。　　⑧烦言：话多。结：封好。诒：寄达。　　⑨退：退出朝廷，隐退。余知："知余"的倒文。　　⑩烦惑：烦闷迷惑。闷瞀（mào）：忧闷烦乱。忳（tún）忳：郁闷的样子。

以上为第一段。追述自己忠诚正直的行为和遭谗被疏的经历，并请神明作证。

昔余梦登天兮，	先前我曾做梦去登天，
魂中道而无杭①。	到半路魂魄失了航船。
吾使厉神占之兮，	我让厉神来占卜此梦，
曰"有志极而无旁②"。	他说："志向坚定却缺少帮助。"
终危独以离异兮，	难道始终危难冷落遭孤独？
曰"君可思而不可恃③。	他道："君王可思却不可靠。
故众口其铄金兮，	众人毁谤金子也融化，
初若是而逢殆④。	开始还可以后来把殃遭。
惩于羹者而吹齑兮，	被肉汤烫过吃冷菜也吹一吹，
何不变此志也⑤？"	为什么就不改改你的旧态？"
欲释阶而登天兮，	想登天却不肯用阶梯，
犹有曩之态也⑥。	还是以往的老做派。

众骇遽以离心兮，	人都害怕与君主离心，
又何以为此伴也⑦？	又怎么能与我成侣伴？
同极而异路兮，	同事一君各走各的路，
又何以为此援也⑧？	又怎么会把你来救援？
晋申生之孝子兮，	晋国的申生是大孝子，
父信谗而不好⑨。	父王听谗言对他丝毫不爱惜。
行婞直而不豫兮，	行为刚直从不知犹豫，
鲧功用而不就⑩。	鲧的事业因此无结局。

【注释】

①杭：通"航"，船。　②厉神：大神，指附于神身上的神。一说为殇鬼。志极：志向极高远。旁：通"傍"，依靠。
③危独：危险孤独。离异：分别。恃：依靠，倚仗。　④铄：熔化。殆：危险。　⑤惩：警戒。羹：肉汤，热食。齑（jī）：切细的菜，是冷食。这句比喻吃过亏的人遇事分外小心。
⑥释：放弃。阶：阶梯。犹：仍，还。曩（nǎng）：以往。态：姿态，仪态。　⑦骇遽：惊慌。伴：同伴。一说与下句的"援"字是连绵字拆用。伴援，即攀援。　⑧同极：同事一个国君，一说指出身相同。援：救助。　⑨申生：春秋时晋献公的嫡长子，晋献公的宠妃骊姬诬陷他企图弑父，献公欲杀之，他既不为自己辩解，也不逃走，自缢而死。　⑩婞直：刚直。

豫：犹豫，动摇。就：成就。

吾闻作忠以造怨兮，	我听说忠正就会引来怨恨，
忽谓之过言①。	不要以为这夸大其词。
九折臂而成医兮，	手臂折断几回自己就可医治，
吾至今而知其信然②。	到现在我知道果真如此。
矰弋机而在上兮，	天上布满带绳的箭，
罻罗张而在下③。	地上到处张开捕鸟的网罗。
设张辟以娱君兮，	设下弓箭罗网讨好君王，
愿侧身而无所④。	想侧身避开也无处可躲。
欲儃徊以干傺兮，	想徘徊停留寻找机会，
恐重患而离尤⑤。	又怕再次遭遇灾殃。
欲高飞而远集兮，	想要离开这里远走他乡，
君罔谓汝何之⑥？	冤枉人的君主要问欲往何方？
欲横奔而失路兮，	想要横冲直撞不走正道，
坚志而不忍⑦。	坚定的志向不许我这样。
背膺牉以交痛兮，	胸背分裂剧痛难忍，
心郁结而纡轸⑧。	烦闷郁结心中纠缠痛隐隐。
梼木兰以矫蕙兮，	捣碎木兰揉碎蕙草，
鬵申椒以为粮⑨。	舂磨好花椒作食粮。
播江离与滋菊兮，	播种江蓠培植秋菊，

愿春日以为糗芳⑩。　　作春天的干粮实在芬芳。

恐情质之不信兮，　　担忧中情和真心不够坚定，

故重著以自明⑪。　　反复地述说以表明心迹。

矫兹媚以私处兮，　　身怀这些美德独处幽居，

愿曾思而远身⑫。　　反复思考我要远走高飞。

【注释】

①作忠：做忠诚的事。造怨：造成仇怨。忽：忽略。过：夸大。

②九：虚数，形容多。折臂而成医：多次折断臂膀就成了医生；久病成医的意思。信然：果真如此。　　③矰（zēng）弋：矰，拖有丝线的短箭；弋，用矰射鸟；机：机关。此句是说天上布满了捕杀飞鸟的暗器。关于矰弋，近年考古有发现，其形制，"矰"是平头的不开刃的箭头，用以撞击飞鸟；又因矰后拖着丝绳，撞击后，丝绳就会缠绕住鸟的脖颈，从而将其拖曳下来。罻（wèi）罗：罻和罗都是捕鸟的网。　　④设：陈设。张：一种与弧类似的弓。辟：也是捕鸟工具。无所：没有地方。　　⑤儃佪（chán huái）：徘徊。干傺：寻求机会；傺，通"际"。　　⑥高飞而远集：犹言"远走高飞"。罔：诬蔑。之：去。　　⑦横奔：乱跑。失路：迷路。比喻改变节操。忍：忍心。　　⑧膺：胸。胖（pàn）：分裂。交痛：抽着疼痛，剧痛。纡轸：绵延的隐痛。

⑨椅：字当作"捣"，捣碎。木兰：一种香草。矫：通"挢"，

揉。糳（zuò）：舂。申椒：申地所产的花椒；申，地名，在今河南南阳一带。　⑩糗（qiǔ）：干粮。　⑪重：再次，一再。著：申明。　⑫矫：高举。媚：美好。私处：独处。曾思：反复思考。曾，层。

以上第二段，言诗人面对的残酷现实，并表远离之意。

涉　江

《涉江》，应是屈原流放生活较晚时期的作品。篇中主要叙述了诗人渡过长江，沿湘水逆流而上，到达溆浦一带深山的经历。楚国乐曲中本有"涉江"之曲，见《招魂》，但此诗是否取用旧曲之名，还是个问题。

余幼好此奇服兮，	我从小就喜欢这奇装异服，
年既老而不衰①。	年纪老了爱好也没有消减。
带长铗之陆离兮，	身佩光彩夺目的长剑，
冠切云之崔嵬。	头戴高耸的切云冠。
被明月兮佩宝璐②。	披着明月珠佩戴着宝璐，
世混浊而莫余知兮，	世道混浊没有人理解我，
吾方高驰而不顾。	我将要远走高飞义无反顾。

驾青虬兮骖白螭，	青龙驾车白龙做骖，
吾与重华游兮瑶之圃③。	我与帝舜同游瑶圃。
登昆仑兮食玉英，	登上昆仑山品尝玉华，
与天地兮同寿，	与天地一样久长，
与日月兮同光④。	与日月一样放光。

【注释】

①奇服：奇异的服饰，以服装奇异指代自己的高洁，与凡俗不同。　②长铗（jiá）：长剑。陆离：长貌。切云：一种高冠的名字，取"高切青云"的意思。崔嵬：高峻貌。被：同"披"。明月：宝珠名，晶莹光亮，犹如明月，即夜明珠。璐：美玉。③虬（qiú）：传说中一种有角的龙。螭（chī）：无角的龙。重华：舜的名字。瑶圃：瑶，美玉；圃，园；瑶之圃，产美玉的地方，即指下句之昆仑，古人认为这里是天帝的园圃。　④玉英：玉的精华。

以上第一段，表诗人高洁的情操与志向。

哀南夷之莫吾知兮，	哀叹南边的蛮夷不理解我，
旦余济乎江湘①。	明早我就要渡湘江。
乘鄂渚而反顾兮，	登上鄂渚回头眺望，

欸秋冬之绪风②。　　　　哀叹秋冬余风丝丝寒凉。

步余马兮山皋，　　　　让我的马在山冈上漫步，
邸余车兮方林③。　　　　把我的车停在树林旁。

乘舲船余上沅兮，　　　　乘着有窗的船逆沅水而上，
齐吴榜以击汰④。　　　　大桨齐挥激起波浪。

船容与而不进兮，　　　　船只缓慢不易前进，
淹回水而疑滞⑤。　　　　遇到旋涡行更艰辛。

朝发枉渚兮，　　　　　　清晨从枉渚出发，
夕宿辰阳⑥。　　　　　　傍晚住宿在辰阳。

苟余心其端直兮，　　　　如果我的心真的端方正直，
虽僻远之何伤⑦。　　　　即使偏僻遥远又有何妨！

入溆浦余儃徊兮，　　　　进入溆浦犹豫徘徊，
迷不知吾所如⑧。　　　　迷茫困惑不知哪儿是行进方向。

深林杳以冥冥兮，　　　　深林幽僻光线黑漆，
猿狖之所居⑨。　　　　　那是猿猴的住地。

山峻高以蔽日兮，　　　　山峰险峻遮住太阳，
下幽晦以多雨。　　　　　山下幽深昏暗又多雨。

霰雪纷其无垠兮，　　　　雪糁纷纷无边无际，
云霏霏而承宇⑩。　　　　云雾濛濛布满天宇。

哀吾生之无乐兮，　　　　哀叹生活没有欢乐，
幽独处乎山中。　　　　　孤独留处深山里。

吾不能变心而从俗兮，　　我不能改变志向顺从流俗，
固将愁苦而终穷。　　　　必将忧愁痛苦困窘直到死期。

【注释】

①南夷：楚地之南的原始民族，可能指武陵一带的苗蛮。这句是说自己将到南夷之地去，那里没有谁是自己的知己。济：渡。江湘：即湘江。　②鄂渚（zhǔ）：即鄂州，据说在今湖北武汉黄鹄山上行三百步的长江中。隋代设鄂州，即因此渚（水中的小块陆地）而得名。反顾：回头看。欸（āi）：叹息。绪风：余风。此篇写于初春，因此秋冬之时的寒风犹存。　③步余马：放开缰绳让马随意走动。山皋（gāo）：山边。邸（dǐ）：旅舍，引申为停留。方林：地名。　④舲（líng）船：有窗户的小船。上：溯流而上。沅：沅水。齐：同时并举。吴榜（bàng）：吴即俣，大的意思；榜即桨；吴榜即大桨。一说吴即《诗经》"不吴不敖"之吴，喧哗的意思。汰：水波。　⑤容与：行进缓慢的样子。淹：停留。回水：回旋的水流。疑滞：凝滞，停留不动。　⑥枉渚：地名，在今湖南常德南。辰阳：地名，在今湖南辰溪。　⑦僻远：偏僻荒远的地方，指放逐地。　⑧溆浦（xù pǔ）：地名，在今湖南溆浦。儃徊（chán huí）：徘徊不前，无所适从。如：往。　⑨杳（yǎo）：昏暗。冥冥：昏暗。狖（yòu）：一种黑色的长尾猿。　⑩霰（xiàn）：小冰粒。霏霏：

雨雪或烟云很盛的样子。承：连。宇：天空；一说指屋檐。

接舆髡首兮，	接舆剃光头发，
桑扈赢行^①。	桑扈赤身而行。
忠不必用兮，	忠诚不一定受重用，
贤不必以^②。	贤良不一定有保证。
伍子逢殃兮，	伍子胥遭受灾殃，
比干菹醢^③。	比干被剁成肉酱。
与前世而皆然兮，	自古以来都是这样，
吾又何怨乎今之人^④！	我又何必怨恨今天的人！
余将董道而不豫兮，	我将坚持正道毫不犹豫，
固将重昏而终身^⑤！	所以重重磨难将伴我终身。

【注释】

①接舆（yú）：春秋时楚国人，佯狂隐逸，即"楚狂"。《论语·微子》："楚狂接舆歌而过孔子曰：'凤兮凤兮，何德之衰？'"髡（kūn）：剃发，本是古代的一种刑罚，接舆是愤世佯狂，自残身体头发。桑扈（hù）：古代另一位佯狂隐逸的人，即《庄子·大宗师》中的"子桑户"。赢（luǒ）："裸"的假借字，赤身露体。　②以：用。　③伍子：伍员，字子胥，吴国贤臣，曾助夫差灭越，但是后来屡谏夫差不听，反而被赐死。逢殃：遭遇

灾祸，指被赐死。比干：殷纣时贤臣，因屡谏商纣被残杀，"剖其心而观"。菹醢：(zū hǎi)：把人剁成肉酱。 ④与：通"举"，全部。 ⑤董道：正道；董，理。豫：犹豫。重（chóng）昏："昏"与"闵"义通，忧患；重闵即一再遭受忧患的意思。

以上第二段，叙述流亡行程，表明决心。

乱曰：	尾声：
鸾鸟凤皇，	鸾鸟和凤凰，
日以远兮①。	一日日飞远。
燕雀乌鹊，	燕雀与乌鸦，
巢堂坛兮②。	筑巢在堂坛。
露申辛夷，	露申和辛夷，
死林薄兮③。	死在树林边。
腥臊并御，	腥臊都任用，
芳不得薄兮④。	芳芬难近前。
阴阳易位，	阴阳错了位，
时不当兮⑤。	我生逢其艰。
怀信侘傺，	满怀忠诚心惆怅，
忽乎吾将行兮⑥！	我将急急走他乡。

【注释】

①鸾（luán）鸟：传说中的神鸟。凤皇：祥瑞之鸟，比喻贤臣。

②燕雀乌鹊：四种小鸟，比喻没有大志的小人。巢：筑巢，居住。堂坛：比喻朝廷。　③露申：一说即瑞香花，亦名露甲；一说即申椒，状若繁露，故名。辛夷：香木名，北方叫木笔，南方叫望春。两种植物都比喻贤人。林薄：草木丛杂之地。

④腥臊：恶臭气。御：用。薄：靠近。　⑤易位：变换位置。

⑥怀信：怀抱诚信。

以上第三段，抨击黑暗现实。

哀　郢

《哀郢》即篇中"哀故都之日远"的意思。郢是楚都，也是故国的象征。此篇的创作时间，古今研究有较大歧义。有人认为作于秦将白起攻陷郢都、楚东徙陈地之时。此说影响很大。今人姜亮夫《楚辞今绎讲录》则提出，楚庄王之后庄蹻曾于楚怀王末年发动了一次叛乱，把郢都搞得很残破，导致民众的流离失所。《哀郢》之"哀"，正由此而发。这一说法也颇受学者注意。作品中交织着对故国的难以割舍的爱恋，对民生的关怀和对个人不幸遭遇的叹息，是一篇感人至深的作品。

皇天之不纯命兮，　　皇天你变化命运真无常，
何百姓之震愆①？　　为什么让百姓震荡受灾殃！
民离散而相失兮，　　人民骨肉失散不团聚，
方仲春而东迁②。　　正当仲春二月迁徙向东方。
去故乡而就远兮，　　离开故乡投奔远地，
遵江夏以流亡③。　　沿着长江夏水去逃亡。
出国门而轸怀兮，　　出了国都城门悲痛萦怀，
甲之鼂吾以行④。　　甲日的早晨我开始远行。
发郢都而去闾兮，　　从郢都出发离开故里，
荒忽其焉极⑤？　　天高地远啊何处是家乡？
楫齐扬以容与兮，　　众桨齐举船徘徊，
哀见君而不再得⑥。　　哀伤的是再也见不到君王。
望长楸而太息兮，　　遥望郢都高大梓树长叹息，
涕淫淫其若霰⑦。　　泪水扑簌簌落下雪糁一样。
过夏首而西浮兮，　　经过了夏口向西行，
顾龙门而不见⑧。　　再看一眼郢都城门却看不见。
心婵媛而伤怀兮，　　心中缠绵留恋万分伤情，
眇不知其所蹠⑨。　　路邈邈啊举步不知足所践。
顺风波以从流兮，　　顺风随流任意漂泊，
焉洋洋而为客⑩。　　前途渺茫不知客住何方。
凌阳侯之氾滥兮，　　乘着陵阳涛神掀起的大波，

忽翱翔之焉薄⑪？	飞鸟般随风飘荡何处可停泊？
心絓结而不解兮，	心中缠绵牵挂放不下，
思蹇产而不释⑫。	思绪郁结解不脱。
将运舟而下浮兮，	行船顺江向下浮，
上洞庭而下江⑬。	先过洞庭再入江。
去终古之所居兮，	从此离开世代居住地，
今逍遥而来东⑭。	徘徊不定漂荡来东方。

【注释】

①纯：常。百姓：古代贵族有姓，所以百姓指贵族，在此指国人。震：震动。愆（qiān）：差错，此处有受罪的意思。　②民：民众。方：当，正值。仲春：农历二月。　③去：离开。故乡：一本作"故都"，指郢都。就：前往，到。遵：沿着。江：长江。夏：夏水。夏水为长江分流，又东会沔水（今汉水）入江。故古人多江、夏并称。　④国门：国都的城门。轸（zhěn）怀：沉痛地怀念。轸，悲痛。甲之鼌（zhāo）：甲日的早晨。鼌，通"朝"。　⑤发郢都：从郢都出发。去闾：离开故乡。闾，里巷的大门，这里指故里。荒忽：遥远无边。　⑥楫（jí）：桨。容与：徘徊不进。　⑦长楸：高大的梓树，这里指的是郢都的梓树，高大乔木代表故乡。涕淫淫：形容眼泪很多的样子。霰：雪粒。　⑧夏首：夏口，即夏水口，指今汉口。一说

汉口距郢都过远，当指江陵东二十五里之夏口（在今湖北荆州），此地距郢都不远，所以才有"顾龙门"之句。西浮：向西漂浮，前言沿江夏向东走，此句却说"西浮"，欲多看几眼故都而暂回其舟，与前文"容与"正相应。一说"浮"古与"背"音同义通，西浮即西背，即背对西方向东而行的意思。顾：回头。龙门：指郢都的东门。　⑨眇：通"渺"，辽远的样子。蹠（zhí）：踏，落脚的地方。　　⑩焉：于是。洋洋：飘泊不定的样子。客：漂泊他乡的人。　　⑪凌：乘着。阳侯：波涛之神的名字，这里指波浪，传说凌阳国侯溺水而亡，成为水神，据说他能掀起巨大的波浪。天星观楚简（160）有"溺于大波一牂"句，可知楚人是祭祀波浪之神的。氾滥：大水漫溢横流的样子。薄：靠近。⑫絓（guà）结：心打了结，形容牵挂思念。蹇（jiǎn）产：连绵字，曲折，形容心情忧郁。　　⑬运舟：行船。下浮：顺江东下。上洞庭而下江：上有洞庭下有大江。洞庭湖北流入长江，故诗人言此。　⑭终古之所居：世代居住的地方。终古，长久，自古以来。逍遥：飘荡。

羌灵魂之欲归兮，	灵魂念故国啊，
何须臾而忘反①！	没有一刻忘回返。
背夏浦而西思兮，	背对夏口心念西方的郢，
哀故都之日远②。	哀伤故都一天比一天远。

登大坟以远望兮，　　　　登上江边大堤远眺望，

聊以舒吾忧心③。　　　　　聊以宽慰这忧伤的心肠。

哀州土之平乐兮，　　　　看着和平安乐的国土令人哀，

悲江介之遗风④。　　　　　沿江古风犹存又令人多感慨。

当陵阳之焉至兮，　　　　乘陵侯巨浪不知哪里为终点，

淼南渡之焉如⑤？　　　　　大水茫茫南行何处是尽端？

曾不知夏之为丘兮，　　　谁曾想宫室广厦成废墟，

孰两东门之可芜⑥？　　　有谁知郢都东门杂草萋。

心不怡之长久兮，　　　　心中不悦已长久，

忧与愁其相接⑦。　　　　　忧思愁苦剪不断。

惟郢路之辽远兮，　　　　思念郢路何途遥，

江与夏之不可涉⑧。　　　长江夏水涉渡难。

忽若去不信兮，　　　　　仓皇离乡让人难相信，

至今九年而不复⑨。　　　漫漫漂泊如今已九年。

惨郁郁而不通兮，　　　　悲惨郁闷梗塞不通，

蹇侘傺而含戚⑩。　　　　　困苦失意满心悲痛！

【注释】

①羌：发语词。须臾：片刻。反：即返。　②背：离开，背离。夏浦：即上文之夏首。西思：面向西方思念故都。　③大坟：指江堤。舒：舒展，排遣。　④州土：指楚国，尤其是郢

都周围陷落的地区。平乐：升平安乐。江介：江边，指屈原飘流所经过的沿江两岸地区。遗风：古代遗留下来的质朴的风气。
⑤当：乘。陵阳：即前面所说的陵阳侯，指大波浪。淼：水面宽广，一望无际的样子。如：去，往。　⑥曾（céng）：简直。夏：通厦，大屋，这里指楚国的宫殿。丘：这里指废墟。两东门：郢都的城门，即前面说的龙门。芜：荒草丛生的样子。
⑦怡：愉快。　⑧郢路：回郢都的道路。涉：趟水过河。
⑨忽若：忽然；若，然。去：离开，指被流放。不信：难以相信。九年：多年。九，虚数，表示多。一说为"终"的通假字。复：回。　⑩惨郁郁：忧郁压抑的样子。通：传达。蹇（jiǎn）：困苦，不顺利。侘傺：失意的样子。戚：忧愁，悲哀。

以上第一段，叙说自己九年来离开故国的经历，哀叹郢都的破败。

外承欢之汋约兮，	外表阿谀讨好呈柔媚，
谌荏弱而难持①。	骨子里软弱难承重。
忠湛湛而愿进兮，	忠心诚厚愿意效忠，
妒被离而鄣之②。	妒意纷杂闭塞不通。
尧舜之抗行兮，	尧舜高标他们的德行，
瞭杳杳而薄天③。	光芒闪耀直达云天。

众谗人之嫉妒兮，	众多谗佞小人嫉妒生，
被以不慈之伪名④。	竟称他们没有真爱是伪善。
憎愠忳之修美兮，	憎恨忠诚者的真正美好，
好夫人之忼慨⑤。	竟喜好谗佞之辈激昂假表演。
众踥蹀而日进兮，	小人得势一步步高升，
美超远而逾迈⑥。	美德却是越来越疏远。

【注释】

①外：外表，表面上。承欢：因讨好而受宠。为（chuò）约：也写作绰约。谌（chén）：确实，实在。荏（rěn）弱：软弱。难持：难以依赖，靠不住。持，通"恃"。　②湛（zhàn）湛：浓厚的样子。进：进用。被离：众多而杂乱的样子；被，同"披"。鄣：通"障"，阻塞，壅蔽。　③抗：通"亢"，高尚。瞭：本指目光明亮，此处是有光辉的意思。杳（yǎo）杳：高远的样子。　④被：加。不慈：指父母对子女不够慈爱。尧把帝位传给了舜，舜也因为自己的儿子商均不贤而把帝位传给了禹，有人认为尧舜没有把帝位传给儿子，是对儿子不慈。　⑤憎：憎恶。愠忳（wěn lún）：忠心耿耿的样子。修：美好。好：喜欢。夫人：那些人，即前面说的"谗人"。忼慨：情绪激昂。
⑥踥蹀（qiè dié）：小步快走的样子，形容谗人的竞相钻营。进：上升。美：君子贤臣。逾：越发，更加。迈：离去。

以上第二段，检讨国家败坏根源。

乱曰：

曼余目以流观兮，

冀壹反之何时[1]？

鸟飞反故乡兮，

狐死必首丘[2]。

信非吾罪而弃逐兮，

何日夜而忘之[3]？

尾声：

纵目四下远眺望啊，

哪怕一次返乡又要盼到何年？

鸟飞还要返回旧树林，

狐狸死也头朝着土丘山。

本不是我有罪才遭到放逐，

白天黑夜我又何时不思念！

【注释】

[1]曼目：放眼；曼，拉长。流观：四下眺望。冀：希望。壹反：回去一趟。　[2]首丘：头向着山丘，据说狐狸死的时候一定朝向它生长的山丘。这两句比喻对故乡的怀念。　[3]之：指故乡郢都。

以上第三段，表难以割舍的故国之情。

抽　思

《抽思》之名，取篇中"少歌"之"与美人抽怨兮"一句的意思。本篇有"有鸟自南兮，来集汉北"的句子，可知屈原在被迫离开郢都后，曾一度到达过汉北地区并写作此篇，一般认为是楚怀王后期。

心郁郁之忧思兮，	忧伤苦闷郁积在心，
独永叹乎增伤①。	独自长叹徒增忧伤。
思蹇产之不释兮，	思绪烦杂化解不开，
曼遭夜之方长②。	又逢黑夜正漫长。
悲秋风之动容兮，	悲叹秋风吹拂万物摇动，
何回极之浮浮③！	回转盘旋何等飘飘荡荡！
数惟荪之多怒兮，	常想到荪草你容易发怒，
伤余心之懮懮④。	心就有无尽的忧愁。
愿摇起而横奔兮，	真想不顾一切远走高飞，
览民尤以自镇⑤。	看到百姓受苦又打消念头。
结微情以陈词兮，	编织情思写成文字，
矫以遗夫美人⑥。	高高举起送给你这美人。
昔君与我诚言兮，	你曾与我诚恳相约：
曰黄昏以为期⑦。	我们相见在黄昏。
羌中道而回畔兮，	半路上你却变卦折返，
反既有此他志⑧。	是因你已经有了他心。
憍吾以其美好兮，	向我夸耀你的美丽外表，
览余以其修姱⑨。	向我显示你的整洁美好。

与余言而不信兮，　　　　与我有言在先却不守信，
盖为余而造怒⑩。　　　　为何又有意找茬对我恼？

【注释】

①郁郁：忧思的样子。永叹：长叹。增伤：更加忧伤。
②蹇产：曲折。曼：长。方：正。　　③动容：动荡。回极：指
风回旋飘荡的样子。一说回极指北极星。浮浮：动荡不定的样
子。　　④数（shuò）：屡次。惟：想，思。荪：香草名，又称
溪荪，这里用来指代楚怀王。多怒：据说楚怀王性格无常，容易
发怒。慢（yōu）慢：忧愁悲痛的样子。　　⑤摇起：远远地离
开；摇，通"遥"。横奔：不顾一切地出走。尤：苦难。镇：镇
定，安定。这句是说本想离开楚国，但看见百姓的灾难，心又坚
定下来。　　⑥结：集结成言。微情：私衷。陈：陈述。娇：
举。遗：送给。美人：比喻楚怀王。这句是说把情思表达成文
字，高举送给美人你。　　⑦诚言：诚恳地说。诚，一作"成"。
成言，指约定的话。　　⑧中道：半路。畔：通"叛"。他志：
别的打算。　　⑨侨：通"骄"，夸耀。览：显示，炫耀。修姱
（kuā）：整洁美好。　　⑩信：守信。盖：通"盍"，为什么。造
怒：有意找借口发火。

愿承闲而自察兮，　　　　想找个机会向你表白，

心震悼而不敢^①。　　　　却心中震恐不敢上前。

悲夷犹而冀进兮，　　　　悲哀犹豫希望能靠近，

心怛伤之憺憺^②。　　　　忧伤痛苦心绪不安。

兹历情以陈辞兮，　　　　我列举这心情来表白，

荪详聋而不闻^③。　　　　荪草假装耳聋不愿听。

固切人之不媚兮，　　　　本来直切的人就不谄媚，

众果以我为患^④。　　　　人们果然把我当眼中钉。

初吾所陈之耿著兮，　　　　当初我讲得明明白白，

岂至今其庸亡^⑤？　　　　难道你现在就忘得干干净净？

何毒药之謇謇兮？　　　　我偏偏喜欢忠诚正直，

愿荪美之可完^⑥。　　　　希望荪草的美德变得完美。

望三五以为像兮，　　　　希望三王五霸成为榜样，

指彭咸以为仪^⑦。　　　　拿贤臣彭咸来作仪规。

夫何极而不至兮，　　　　什么目标不能够达到？

故远闻而难亏^⑧。　　　　声名远扬长久不亏。

善不由外来兮，　　　　良善不从外面来，

名不可以虚作^⑨。　　　　声名不靠虚伪得。

孰无施而有报兮，　　　　哪有不施可得报？

孰不实而有获^⑩？　　　　哪有不种就能获？

少歌曰^⑪：　　　　短歌：

与美人抽怨兮，　　　　向美人倾吐我的情丝，

并日夜而无正^⑫。　　　　不分日夜可没人判断证实。

愇吾以其美好兮，　　　　美人向我炫耀她的丽质，

敖朕辞而不听^⑬。　　　　傲慢地不肯听我的言辞。

【注释】

①承闲：趁着机会；承，通"乘"。自察：自明；察，表白，说明。震悼：恐惧，害怕。　　②夷犹：犹豫。冀进：希望被任用。怛：伤痛。憺（dàn）憺：心情动荡不安的感觉。　　③兹历情：一本作"历兹情"。兹，此。历：列举。详聋：装聋；详，通"佯"。　　④切人：忠厚正直的人。　　⑤耿著：明白清楚。庸：乃，就。亡：通"忘"，忘记。　　⑥毒药：一本作"独乐斯"，可从。乐：喜欢。斯：此。蹇（jiǎn）蹇：忠诚，正直。荪美：指君王的美德。完：完美。完，一本作"光"，光大。⑦望：希望。三五：三王五霸，即夏禹、商汤、周文王，以及春秋五霸。一说指三皇五帝。像：榜样。彭咸：古代贤臣。仪：法则。　　⑧极：终极目的地。远闻：远播的声名。　　⑨善德：美德。由：从。外：本身以外。虚作：虚伪的举动。　　⑩施舍。实：果实，种子，播种。　　⑪少歌：短歌，音乐章节名称，可能是诗歌中间穿插的合唱部分，内容上则是对前一部分的总结。　　⑫美人：比喻楚怀王。抽：引出，引申为抒发。怨：一本作"思"。无正：没有人评判是非。一说正通"证"，没有人

作证。 ⑬忬：通"骄"。敖：通"傲"。朕：我，我的。

以上第一段，回顾自己忠心事君及遭疏远的经历。以"少歌"总括段落大意。

倡曰①：   插曲：

有鸟自南兮，   一只鸟从南方来，

来集汉北②。   栖息落在汉水北。

好姱佳丽兮，   极为姣好极漂亮，

胖独处此异域③。   却孤独流落在他乡。

既惸独而不群兮，   既形单影只离群索居，

又无良媒在其侧④。   又没有好媒人在君王身边。

道卓远而日忘兮，   路途遥远一天天被遗忘，

愿自申而不得⑤。   想要自己表白又不能进前。

望北山而流涕兮，   遥望北山泪眼婆娑，

临流水而太息⑥。   面对流水声声长叹。

望孟夏之短夜兮，   盼望初夏的夜短时光，

何晦明之若岁⑦！   从黄昏到天亮何其漫长！

惟郢路之辽远兮，   想郢都的路多么遥远，

魂一夕而九逝⑧。   梦魂一夜间九次往返！

曾不知路之曲直兮，   从不管路是直还是弯，

南指月与列星②。	借月光和群星把南方辨。
愿径逝而未得兮，	本想取直路回去不成功，
魂识路之营营⑩。	梦魂找路急匆匆。
何灵魂之信直兮，	灵魂多么忠诚正直，
人之心不与吾心同⑪！	君王的心却不与我同。
理弱而媒不通兮，	媒人软弱无法沟通，
尚不知余之从容⑫。	难知我的举止和形容。

【注释】

①倡：同"唱"。这一部分与少歌相似，可能也是诗歌中间穿插的合唱部分。　　②鸟：作者自喻。集：栖息。汉北：指屈原被放逐的地方。　　③好、姱、佳、丽：都是美好的意思。胖（pàn）：分离。异域：他乡。　　④惸（qióng）独：孤独，孤单。"惸"，一本作"茕"。不群：失群。良媒：喻能在君王面前替他传达意图的人。其：指君王。这里屈原自比弃妇。　　⑤卓远：遥远。卓，远。自申：自己申诉。　　⑥北山：泛指郢都北面的山。屈原在山之北，见山则想起了山南的郢都。流水：当指汉水，屈原所处在郢的上游，故看见流向郢的江水就勾起了回乡的情绪。　　⑦望：盼望。一说指失眠。孟夏：农历四月，初夏。晦明：由天黑到天亮，指一整夜。　　⑧惟：想。郢路：回郢都的路。九逝：去了许多次。九，虚数，表示多；逝：往，

去。　　⑨曾：竟。南指：指向南方。郢都在汉北之南，从屈原所在的地方回郢是向南走。这句是说魂魄迷路，靠星星和月亮辨别南方。　　⑩径逝：直行，取直路回郢。营营：忙忙碌碌的样子。　　⑪信直：忠诚正直。人：楚怀王。一说指小人。　　⑫理：使者。从容：举止行为。

以上第二段，以"倡曰"的插入，叹息诗人遭遇，巧妙借用了楚地的歌唱形式。

乱曰：	尾声：
长濑湍流，	浅滩长长水急流，
沂江潭兮①。	逆着江潭向上走。
狂顾南行，	狂乱回首望南行，
聊以娱心兮②。	姑且舒解情烦乱。
轸石崴嵬，	怪石真嶙峋，
蹇吾愿兮③。	阻我回乡愿。
超回志度，	越过弯路记直路，
行隐进兮④。	隐蔽奔向前。
低徊夷犹，	徘徊踟蹰不决，
宿北姑兮⑤。	晚上住宿北姑。
烦冤瞀容，	心烦意又乱，

实沛徂兮⑥。	颠沛赶路苦。
愁叹苦神，	忧愁叹息苦呻吟，
灵遥思兮⑦。	灵魂遥思我君主。
路远处幽，	路途遥远住地偏，
又无行媒兮⑧。	又无媒人通情愫。
道思作颂，	抒发情思作诗，
聊以自救兮⑨。	抒怀聊且自救。
忧心不遂，	忧思不能致君王，
斯言谁告兮⑩！	此音此曲向谁奏？

【注释】

①濑：沙石滩上的浅水。湍流：急流。沂（sù）：同"溯"，逆流而上。潭：水深为潭。　②狂顾：失神地回头望。娱心：自我安慰。　③轸（zhěn）石：怪石。崴嵬（wēi wéi）：高耸不平的样子。塞：阻碍。　④超回：超过弯路。回，弯曲。志度：记住直路。志，记住；度，直路。行隐：隐蔽而行。　⑤低佪：徘徊。夷犹：犹豫。北姑：地名。　⑥烦冤：心情烦乱委屈。瞀（mào）容：迷乱。沛徂：颠沛流离。徂，往。　⑦苦神：痛苦地呻吟。神，通"呻"。　⑧处幽：住在偏僻遥远的地方。行媒：媒人，指可以把自己的想法传达给楚王的人。
⑨道思：表达思想。道，陈述。作颂：作歌，即创作本篇。自

救：自我解脱。　⑩遂：达。斯言：指本篇。谁告：告谁。

以上第三段，以"乱"辞总结全篇，点明作意。

怀　沙

《怀沙》，《史记·屈原列传》说："乃作怀沙之赋……于是怀石，遂自投汨罗以死。""怀沙"即怀抱沙石而死，因而诗篇作于屈原自杀之前不久。篇中"知死不可让"等句表明，诗人已经抱定必死决心。

滔滔孟夏兮，	悠悠的初夏啊，
草木莽莽①。	草木丰长。
伤怀永哀兮，	心中深长的悲哀啊，
汨徂南土②。	匆匆前往南方。
眴兮杳杳，	遥远啊邈邈，
孔静幽默③。	死一般静寂。
郁结纡轸兮，	心中痛楚纠结，
离愍而长鞠④。	遭受忧痛困苦无期。
抚情效志兮，	抚慰内心省察志向，
冤屈而自抑⑤。	将遭受的冤屈压抑。

刓方以为圜兮，	把方正削成圆滑，
常度未替⑥。	正常的法度却不能被废弃。
易初本迪兮，	改变最初追求的志向，
君子所鄙⑦。	这样的行径君子鄙夷。
章画志墨兮，	明确计划牢记准则，
前图未改⑧。	过去的法度不能变。
内厚质正兮，	内心淳厚品质端正，
大人所盛⑨。	是大人君子所称赞。
巧倕不斲兮，	巧匠倕尚未挥斧去砍，
孰察其拨正⑩。	谁又能看出是曲是直。
玄文处幽兮，	黑色的花纹放在暗处，
矇瞍谓之不章⑪；	瞎子说它没有纹理。
离娄微睇兮，	离娄要是微微斜视，
瞽以为无明⑫。	盲人会认为他也是瞎子。
变白以为黑兮，	硬把白当成黑，
倒上以为下。	硬把上倒为下！
凤皇在笯兮，	凤凰囚笼中，
鸡鹜翔舞⑬。	乱舞任鸡鸭。
同糅玉石兮，	将宝玉和石头混杂一处，
一概而相量⑭。	用同一个尺度来衡量。
夫惟党人之鄙固兮，	这些党人是这样的鄙陋，

羌不知余之所臧^⑮。　　　　　根本不知我心之所尚。

【注释】

①滔滔：悠悠。古"滔"、"悠"语音相同。莽莽：草木茂盛。

②汩（gǔ）：水流迅疾的样子，比喻行色匆匆。徂（cú）：往。

③眴（shùn）："泃"的假借字，远。杳杳（yǎo）：幽深遥远。
孔：很。幽默：寂静无声。　　④郁结：忧愁烦闷不得抒发的样
子。纡轸（yū zhěn）：隐痛揪心。离：遭受。愍（mǐn）：同
"愍"，忧痛。鞠（jū）：穷困。　　⑤抚情：省察、回顾情状。
效志：省察志向。效，考核。抑：抑制。　　⑥刓（wán）：削。
圜（yuán）：圆。常度：正常的法度。替：废除。　　⑦易：改
变。迪：道路。　　⑧章：同"彰"，显明。画：规划。志：记
住。墨：绳墨，指代法度。图：法度。　　⑨厚：淳厚。大人：
正人君子。盛：称赞。　　⑩倕（chuí）：传说中尧时的能工巧
匠。掊：不正。　　⑪玄：黑色。文：纹。矇（méng）：有眼珠而
无视力的盲人。瞍（sǒu）：无眼珠的盲人。章：花纹。　　⑫离
娄：古代一个目力很好的人，《孟子·离娄》有"离娄之明"。睨
（dì）：斜视。瞽（gǔ）：无眼珠的盲人。　　⑬笯（nú）：笼子。
鹜（wù）：鸭子。　　⑭糅：杂糅。概：量米粟时刮平斗斛用的
木板。　　⑮鄙固：鄙陋。臧（zāng）：善。

任重载盛兮，	身负重任啊，
陷滞而不济①。	却沉陷停顿不能前。
怀瑾握瑜兮，	怀瑾握瑜啊，
穷不知所示②。	身处穷厄美不显。
邑犬之群吠兮，	荒村野狗群吠，
吠所怪也③。	它们少见多怪。
非俊疑杰兮，	小人非难疑忌俊杰，
固庸态也④。	本是平庸的常态。
文质疏内兮，	外表疏放内心质朴，
众不知余之异采⑤。	众人不知我特异的风采。
材朴委积兮，	才能聚积而质朴，
莫知余之所有⑥。	无人了解我所有。
重仁袭义兮，	依仁蹈义行正直，
谨厚以为丰⑦。	我以谨慎忠诚为真正的丰厚。
重华不可遻兮，	遇不到舜帝那样的贤君，
孰知余之从容⑧！	谁来欣赏我的从容气度。
古固有不并兮，	古来圣贤不同时，
岂知其何故也⑨？	谁能知道其中的缘故？
汤禹久远兮，	商汤夏禹已离人去，
邈而不可慕也⑩？	距今久远就不去追慕？
惩违改忿兮，	我将抑止怨恨改变忿怒，

抑心而自强⑪。	压抑内心而努力自强。
离愍而不迁兮,	遭受忧痛不改初衷,
愿志之有像⑫。	愿志向能有效法的榜样。
进路北次兮,	向北进发途中住宿,
日昧昧其将暮⑬。	日光昏暗天色将暮。
舒忧娱哀兮,	发泄忧愁把悲哀变成快乐,
限之以大故⑭!	可是大故来临心何以舒!

以上第一段,写长期流放南方的苦闷,表达自己怀才不遇的忧愤。

【注释】

①盛:多。陷:沉陷。滞:停顿。济:摆脱困境。　②瑾、瑜:美玉。穷:处境艰难。　③邑:村子。吠:狗叫。　④非:动词,责难,诽谤。固:原本。　⑤文:外表。质:本质。内:通"讷(nè)",朴实而不善言语。　⑥材:木中可用者。朴:未加工的木材。委:聚积。　⑦重:重复。袭:重叠。谨厚:谨慎忠厚。　⑧遌(è):遇到。从容:气度举止大方得当。　⑨不并:指圣贤不同时而生。　⑩汤禹:成汤和大禹。邈(miǎo):远。慕:思慕。　⑪惩:抑止。违:通"愇",恨。忿:愤怒,怨恨。　⑫迁:改。像:法则,榜样。

⑬次：临时驻扎和住宿。昧昧：昏暗貌。　⑭大故：死亡。

乱曰：

浩浩沅湘，
分流汨兮。
修路幽蔽，
道远忽兮①。
怀质抱情，
独无匹兮②。
伯乐既没，
骥焉程兮③。
民生禀命，
各有所错兮④。
定心广志，
余何畏惧兮⑤？
曾伤爰哀，
永叹喟兮⑥。
世浑浊莫吾知，
人心不可谓兮⑦。
知死不可让，
愿勿爱兮⑧。

尾声：

浩浩荡荡沅湘水，
各自奔流日夜淌。
长路幽深晦暗，
远道辽阔渺茫。
怀抱淳朴热情，
无人匹配孤茕。
伯乐既已死，
骏马谁品评？
万民之生都有命，
各自造就天注定。
坚定内心广志向，
还有什么可畏惧？
屡屡受害长悲伤，
叹息又叹息。
世道混浊没人了解我，
心意本来就不可言说。
既知死无法避免，
生就没有什么可留恋。

明告君子，　　　　　　　　明确告诉君子说，

吾将以为类兮^⑨！　　　　我的榜样是你们这先贤！

【注释】

①修：长。幽蔽：幽深晦暗。忽：辽阔渺茫的样子。　②匹：匹敌的人或事。　③伯乐：春秋时善于相马的人。骥：骏马。程：比较，衡量。　④禀命：承命于天。民生：一本作"万民"。错：通"措"，位置。　⑤广：发扬。　⑥曾：通"增"，一再地。爰（yuán）：长久的。喟（kuì）：叹息。⑦谓：说。　⑧让：推辞。　⑨类：例子，榜样。

　　以上第二段，申明志向，表达必死之心。

思美人

　　《思美人》应属于《九章》中时间较早的作品，一般认为与《抽思》同时而稍后，是南渡江、湘期间的作品。诗篇先写对君主的思念，继而希望楚王幡然悔悟，最后写到自己的流浪。篇名取自首句前三字。

思美人兮，　　　　　　　　思念美人啊，

擥涕而伫眙①。	擦去泪水伫立凝视。
媒绝路阻兮，	媒人不通路断绝啊，
言不可结而诒②。	万语千言无法编织无法寄。
蹇蹇之烦冤兮，	耿耿正直心情愁苦，
陷滞而不发③。	深陷烦闷不能自拔。
申旦以舒中情兮，	日日都想表白心绪，
志沉菀而莫达④。	想法郁积无以传达。
愿寄言于浮云兮，	想托浮云寄信传言，
遇丰隆而不将⑤。	偏偏云神丰隆不应承。
因归鸟而致辞兮，	想因回归候鸟传言语，
羌宿高而难当⑥。	鸟飞得又快又高难相逢。

【注释】

①美人：指楚怀王，一说指顷襄王。擥涕：擦干眼泪。擥，同"揽"。伫：久立而待。眙（chì）：凝视，直视。　②结：编织，借指书信。诒（yí）：赠给。　③蹇蹇：即謇謇，正直忠诚。陷滞：陷没沉滞。　④申旦：犹言旦旦、日日。申，一再地。沉菀（yù）：沉郁。　⑤丰隆：云神。将：帮助。⑥因：依托，凭借。当：遇上。

高辛之灵盛兮，	古帝高辛神通广大，

遭玄鸟而致诒①。　　　得到燕子传递情意。

欲变节以从俗兮，　　　想改变节操顺从流俗，

媿易初而屈志②。　　　深愧放弃初衷坏志气。

独历年而离愍兮，　　　多年来我独自遭忧烦，

羌冯心犹未化③。　　　愤懑的心情没改变。

宁隐闵而寿考兮，　　　宁肯隐忍忧伤到老，

何变易之可为④！　　　怎能改变放弃节操？

知前辙之不遂兮，　　　明知前方路不通，

未改此度⑤。　　　　　却不能改这法度。

车既覆而马颠兮，　　　车子翻马儿也摔倒，

蹇独怀此异路⑥。　　　只有我心怀不同的路。

勒骐骥而更驾兮，　　　重新驾车勒骏马，

造父为我操之⑦。　　　造父为我把车驾。

迁逡次而勿驱兮，　　　缓缓前进不必急驱赶，

聊假日以须时⑧。　　　姑且费些日子等时机。

指嶓冢之西隈兮，　　　向嶓冢山西侧行，

与纁黄以为期⑨。　　　约定黄昏到那里。

【注释】

①高辛：古帝喾之号。灵盛：善德盛满。玄鸟：燕子。致诒：赠
送。两句是写帝喾与有娀氏女子简狄的故事。传说简狄是因吞食

玄鸟的卵而怀孕生下殷商始祖契，这里活用了这个传说。
②媿：同"愧"，异体字。易初：改变初衷。屈志：委屈心志。
③历年：经历多年。愍：忧患。冯：读为"凭"，满含，指愤
懑的情感。未化：没有消失。　④隐闵：忍受痛苦。寿考：犹
言终老。变易：变节异志。　⑤前辙：前路。遂：顺利。度：
指处世的原则。　⑥颠：颠倒。搴：相当于"羌"、"乃"，发
语词。怀：坚持。异路：与众不同的道路。　⑦勒：控御。骐
骥：良马。更驾：再次驾车。造父：周穆王时人，以善于驾车著
名。操：驾车。　⑧迁：迁延。逡次：即逡巡，徘徊不前。勿
驱：不要快跑。假日：借时日。须时：等待时机。　⑨嶓
（bō）冢：山名，在今甘肃境内。西隈（wēi）：西面的山边。纁
（xūn）黄：黄昏。纁：通"曛"，日落的余光。

　　以上第一段，希望君主了解自己的政治主张，最后几句的
"逡次"、"假日"云云，表明自己缓进长图的谋划。

开春发岁兮，	春天又至新年始，
白日出之悠悠①。	太阳明亮光景长。
吾将荡志而愉乐兮，	我要荡涤心志求快乐，
遵江夏以娱忧②。	沿着长江夏水排忧伤。
擥大薄之芳茞兮，	采摘广大丛林中的芳芷，

搴长洲之宿莽③。　　　　　拔取长洲上的宿莽。

惜吾不及古人兮，　　　　　可惜我与先贤不同时，
吾谁与玩此芳草④？　　　　又与谁一起玩赏这芳草香？

解萹薄与杂菜兮，　　　　　采下萹竹和野菜，
备以为交佩⑤。　　　　　　凑集起来混合佩戴。

佩缤纷以缭转兮，　　　　　佩饰繁杂而缭绕，
遂萎绝而离异⑥。　　　　　被冷落的香草孤独中枯败。

吾且儃佪以娱忧兮，　　　　我姑且逍遥遣忧愁，
观南人之变态⑦。　　　　　静观南夷新动态。

窃快在中心兮，　　　　　　心中反倒悄然生快意，
扬厥凭而不俟⑧。　　　　　撇开愤懑不再有期待。

芳与泽其杂糅兮，　　　　　芳香与污垢混在一块，
羌芳华自中出⑨。　　　　　芬芳的花朵终会显出来。

纷郁郁其远蒸兮，　　　　　芬芳馥郁香气远播散，
满内而外扬⑩。　　　　　　内在充实必然外飘扬。

情与质信可保兮，　　　　　情操品质确实高尚，
羌居蔽而闻章⑪。　　　　　居住偏僻也能闻名四方。

【注释】

①开春发岁：一年的开端。白日出之悠悠：即春日时光变得悠
长。　　②荡志：纵情放志。江夏：江水，夏水。参《哀郢》

"遵江夏以流亡"句注。娱忧：排遣忧愁。　　③擥：采摘。薄：草木丛生之地。芳茝：香芷。搴（qiān）：拔取。宿莽：香草名。④惜：痛惜。玩：欣赏，鉴赏。　　⑤解：采摘。篃（biān）薄：丛生的篃竹。杂菜：各种的野菜。备：备置。交佩：左右佩戴。以上都是恶草，以喻楚王任用小人。　　⑥缭转：缠绕。萎绝：枯萎。楚王既佩戴恶草，香草自然因被离弃而枯萎。离异：离弃，弃而不用。　　⑦儃佪：徘徊。南人：此处指朝廷中人，因为诗篇显示此时诗人在汉水一带。一说南人即南夷，"人"为"夷"字之误，古代两字写法相近易混。"南夷"亦见于《涉江》，屈原到湘沅一带活动，两次提到南夷，其原由后人有种种猜测。一种说法认为与庄蹻有关，庄蹻在郢暴动后，率众远走滇地，在那里建立政权，屈原观南夷的动态，是想联合这股势力来振作楚国。一说南夷指湘沅一带的土著居民，屈原有过联合他们的愿望。这些说法一时都难以定论。变态：变化的动态。　　⑧窃快：私下寻求快乐。扬：弃。凭：愤懑。不俟：不再等待。这句是说我抛开心中的愤懑，不再有所期待。⑨泽：污秽。参《离骚》"芳与泽其杂糅兮"句注。芳华：芬芳的花朵。自中出：从中显现而出。　　⑩纷郁郁：香气浓郁。远蒸：蒸发到很远。蒸，一本作"承"。满内：内里充实。外扬：向外散发。　　⑪情：情志。质：品质。居蔽：隐居。闻：美誉。章：彰显。

令薛荔以为理兮，　　　　想请薛荔做使者，

惮举趾而缘木①。　　　　懒于攀爬上树梢。

因芙蓉而为媒兮，　　　　想借荷花做媒人，

惮褰裳而濡足②。　　　　提起衣服又怕湿双脚。

登高吾不说兮，　　　　　攀援高处我不愿，

入下吾不能③。　　　　　走下低处又不爱。

固朕形之不服兮，　　　　这样的事情本来我就不习惯，

然容与而狐疑④。　　　　于是犹豫又徘徊。

广遂前画兮，　　　　　　全然实行从前的计划，

未改此度也⑤。　　　　　无法改变既成的法度。

命则处幽吾将罢兮，　　　命里注定待在幽僻之地直到死，

愿及白日之未暮也⑥。　　还是想趁着天色未日暮。

独茕茕而南行兮，　　　　孤零零地走向南方，

思彭咸之故也⑦。　　　　心中想着彭咸的榜样。

【注释】

①薛荔：蔓生草本植物。理：使者，中间人。惮：害怕。举趾：抬脚。缘木：爬树。薛荔多依附树木而生，故采摘须攀树。

②芙蓉：荷花。褰（qiān）裳：提起衣裳。濡（rú）足：沾湿了脚。　③说：同"悦"，喜欢。　④固：固然。形：身体。不服：不习惯。然：因而。这句是说自己不想登高入下，所以处

在观望之中。　　⑤广遂：广泛地实现。前画：先前的谋划。此度：指"前画"，即固有的想法主张。　　⑥处幽：居于幽闭之地。罢：通"疲"，疲倦。愿及：希望趁着。这句是说还是想在死去之前有所作为。　　⑦茕茕：孤单貌。故：故迹。

以上第二段，写诗人顺江夏水南行，并表不改节操之志。

惜往日

《惜往日》创作时间应与《怀沙》相先后，从"临沅湘之玄渊兮，遂自忍而沉流"看，诗人曾一度选择沅湘做死亡地点。诗篇追忆了当年受君主信任起草诏书、明立法度的往事，申明自己所以死去的苦衷，对了解屈原的一生很有史料价值。篇名取自诗第一句前三字。

惜往日之曾信兮，	追惜往日曾受王的信任，
受命诏以昭时①。	奉命起草诏书整饬国政。
奉先功以照下兮，	高扬先君功业光照下民，
明法度之嫌疑②。	明确法度使之内涵分明。
国富强而法立兮，	国家富强并且法制完善，
属贞臣而日娭③。	政务交托忠臣君主得安闲。

秘密事之载心兮,	勤勉从政用心劳苦,
虽过失犹弗治④。	偶有过失君主也能宽恕。
心纯庞而不泄兮,	持心淳厚办事无疏漏,
遭谗人而嫉之⑤。	不想竟遭奸谗小人妒。
君含怒而待臣兮,	君心含怒对待臣子,
不清澈其然否⑥。	是非黑白不分清楚。
蔽晦君之聪明兮,	小人蒙蔽君王视听,
虚惑误又以欺⑦。	虚言蛊惑又谎话欺。
弗参验以考实兮,	君不验证更不核实,
远迁臣而弗思⑧。	毫不思量就让我远离。
信谗谀之浑浊兮,	听信污浊的谗言谀语,
盛气志而过之⑨。	还大发脾气将我指责。
何贞臣之无罪兮,	为什么忠贞本无罪,
被离谤而见尤⑩。	竟受离间又遭罪过？
惭光景之诚信兮,	光景的如期也不如我的诚信,
身幽隐而备之⑪。	身处幽隐我也全有忠诚美德！

【注释】

①曾信：曾经信任。据《史记·屈原列传》，楚怀王一度曾十分信任屈原。诏：起草诏书。昭时：使国家政治昭明。时，一本作"诗"，即创立国家祭祀的诗乐，或指《九歌》。　　②奉：遵循。

先功：先皇的功业。嫌疑：是非正误不清之处。　　③属（zhǔ）：托付。贞臣：坚贞的忠臣，这里是屈原自指。娭（xī）：同"嬉"，游戏。　　④秘密：与黾勉（mǐn miǎn）一样为联绵词，勤劳努力。载心：用心。弗治：不治罪。　　⑤纯庞（máng）：淳朴敦厚。不泄：没有疏漏。　　⑥清澈：辨明。然否：可否。　　⑦蔽晦：蒙蔽。虚：空话。　　⑧参验：审核验证。考实：考察实际。远迁：放逐。　　⑨谗谀：谗言和讨好奉承的话。盛气志：大发脾气。过：动词，责备。　　⑩被：遭受。离谤：离间和毁谤。见尤：被指责。　　⑪惭：愧。景：通"影"，暗处。光景即明与暗，一天的明暗如期到来，是诚信的表现。这句是说自己的诚信比光景的如期变化还要可靠。备：具备，指诚信。

以上第一段，回顾从被君主信任到因谗遭疏远的往事，痛惜之情溢于言表。

临沅湘之玄渊兮，	对着沅湘幽暗深渊，
遂自忍而沉流①。	就要忍心自沉江潭。
卒没身而绝名兮，	个人最终不过身名俱没，
惜壅君之不昭②。	只可惜被蒙蔽君王不了然。
君无度而弗察兮，	君王没有准则也不体察实际，

使芳草为薮幽③。	致使芳草被沼泽幽蔽。
焉舒情而抽信兮，	因而抒发衷情展示精诚，
恬死亡而不聊④。	我将坦然赴死决不偷生！
独鄣壅而弊隐兮，	正是小人的蒙蔽阻塞，
使贞臣为无由⑤。	使忠贞之臣无路可行。
闻百里之为虏兮，	听说百里奚做过囚虏，
伊尹烹于庖厨⑥。	伊尹曾在厨房烹煮。
吕望屠于朝歌兮，	吕望在朝歌为屠户，
宁戚歌而饭牛⑦。	宁戚一边歌吟一边喂牛。
不逢汤武与桓缪兮，	如不是遇到汤、武和桓、穆，
世孰云而知之⑧。	当时又有谁知其优秀？
吴信谗而弗味兮，	夫差信谗言不辨忠奸，
子胥死而后忧⑨。	伍子胥死后吴国就遭大难。
介子忠而立枯兮，	介之推忠贞抱树被烧焦，
文君寤而追求⑩。	文公这才醒悟去寻找。

【注释】

①玄渊：深渊。遂：就。忍：忍心。　②卒：最终。没身：指沉江。壅（yōng）：蒙蔽。　③度：准则。薮（sǒu）：草木茂盛的低湿之地。　④焉：于是。舒：抒发。抽：抽出，引申为展示。恬：坦然。聊：无聊，苟且偷生。　⑤无由：无路。

⑥百里：即百里奚，春秋时虞国大夫，被晋国所俘，作为陪嫁到秦，中途逃亡楚国，秦穆公听说他是个贤士，就用五张羊皮将他赎回并任命为大夫。伊尹：辅佐商汤灭夏的贤臣。烹于庖（páo）厨：伊尹曾经作为成汤的小臣，负责烹饪。　⑦吕望：见《离骚》"吕望之鼓刀兮"句注。宁戚：见《离骚》"宁戚之讴歌兮"句注。　⑧缪：秦穆公；缪，同"穆"。　⑨吴：吴王夫差。味：分辨食物的味道，比喻辨明是非。子胥：即伍子胥。忧：灾难，指后来吴国为越国所灭。　⑩介子：介之推。春秋时晋国人。他跟随晋公子重耳外出流亡，据说途中缺乏食物，介之推割腿上的肉给重耳吃。重耳回国继位为君，奖赏随他流亡的人，却忘记介之推。介之推就跑到绵山隐居起来。晋文公去请介之推，介之推不出，文公就烧山以迫使他出来，结果介之推抱树烧死。立枯：指介之推抱树烧死之事。文君：重耳死后谥号文公，故称。寤（wù）：通"悟"，醒悟。

封介山而为之禁兮，	封了介山作禁地，
报大德之优游①。	报答大恩优厚无比。
思久故之亲身兮，	想起介子推是自己亲故，
因缟素而哭之②。	晋文公身着缟素为之恸哭。
或忠信而死节兮，	有人忠贞诚信守节死，
或㐲谩而不疑③。	有人欺诈从不犹豫。

弗省察而按实兮,	既不体察也不核实,
听谗人之虚辞④。	听信谗人虚假言辞。
芳与泽其杂糅兮,	芳香和腐臭混杂在一起,
孰申旦而别之⑤?	又有谁能辨得明晰?
何芳草之早夭兮,	为什么芳草早早就夭亡,
微霜降而下戒⑥。	只为微霜降时没有作预防。
谅聪不明而蔽壅兮,	诚因君主视听被蒙蔽,
使谗谀而日得⑦。	使谗谀小人日益得势力。
自前世之嫉贤兮,	自古以来嫉贤之人,
谓蕙若其不可佩⑧。	都说香草和杜若不可佩。
妒佳冶之芬芳兮,	妒嫉美人的芬芳,
嫫母姣而自好⑨。	丑陋嫫母弄姿耍妖媚。
虽有西施之美容兮,	就是有西施的容貌,
谗妒人以自代⑩。	谗妒妇也要把她取代。
愿陈情以白行兮,	愿得陈情表白行为,
得罪过之不意⑪。	获罪实在出意外。
情冤见之日明兮,	冤情如同天日分明,
如列宿之错置⑫。	又如星辰那样错落明白。

【注释】

①优游：恩德宽厚的样子。一说，迟缓。　②久故：故旧。亲

身：身边的亲随之人。缟（gǎo）素：白色，指古代的丧服。介之推死后，晋文公穿了丧服去哭祭他。　　③訑谩（dàn màn）：通"诞谩"，欺诈。　　④按实：核实。　　⑤申旦：分明。⑥夭：夭折。戒：戒备。微霜初降预示寒冬将至，喻谗言初起时应当警惕。　　⑦谅：诚然。聪：听力。日得：日益得逞。⑧自前世：自古以来。蕙若：蕙和杜若，都是香草。　　⑨佳冶：美好艳丽，指代美人。嫫（mó）母：丑妇名，传说为黄帝的妃子。姣（jiāo）：美好，此处指嫫母弄姿作态的样子。自好：自以为很美。　　⑩西施：春秋时越国美女，吴灭越，越王勾践将她进献给夫差。自代：即代自，取代自己。　　⑪白：表白。⑫情冤：衷情和冤屈。见：同"现"。日明：日益显明。列宿（xiù）：天上的众星宿。古时根据方位将天上众星划分为二十八宿。错置：措置。

乘骐骥而驰骋兮，	乘着骏马去驰骋，
无辔衔而自载①；	却没有辔衔任马行；
乘氾泭以下流兮，	泛筏顺水往下流，
无舟楫而自备②。	没有船桨随漂游。
背法度而心治兮，	违背法度以私意治国家，
辟与此其无异③。	即如无辔、氾泭一般危险。
宁溘死而流亡兮，	愿突然死去随流亡，

恐祸殃之有再④。　　　　唯恐国家再有大灾难。

不毕辞而赴渊兮，　　　　若不把话说完就投入深渊，

惜壅君之不识⑤。　　　　真担心被壅蔽的君王不知危险。

【注释】

①辔：缰绳。衔：马嚼子。自载：指马没有约束而任意行走。

②泭（fú）：同"桴（fú）"，小木筏。下流：顺流而下。备：通
"服"，自服即任舟自行。　　③背：违背。心治：以私心治理。
辟：譬，比如。　　④溘（kè）死：突然死去。祸殃：指楚亡国
之祸。　　⑤毕辞：把话说完。赴渊：投水自尽。壅君：被壅塞
了的君王。不识：不知道国家面临危险。

　　第二段，诗人有投渊自尽的想法，却担心国家的安危，表现
出矛盾心理。

橘　颂

　　《橘颂》，赞美橘树以托物言志的作品。橘树的幼壮及其生长
南国、深固难徙的品格，是诗篇颂扬的重点，洋溢着浓重的邦国
情感（这一点在士风朝秦暮楚的战国尤为难得）以及对年轻生命
无限美好前景的讴歌。全篇用思纯净，格调秀雅，词彩绚烂，应

为诗人早期的创作，对后来咏物诗写作影响深远。

后皇嘉树，	皇天后土孕育佳树，
橘徕服兮^①。	橘树生来适应水土。
受命不迁，	受命于天不可迁徙，
生南国兮^②。	生长在这南楚国度。
深固难徙，	根深蒂固难以移植，
更壹志兮^③。	心意凝定志向专一。
绿叶素荣，	绿色叶子白色花朵，
纷其可喜兮^④。	繁盛纷披惹人怜惜。
曾枝剡棘，	层层树枝锐利带刺，
圆果抟兮^⑤。	果实生得滚滚圆圆。
青黄杂糅，	有青有黄长在一起，
文章烂兮^⑥。	花纹斑驳颜色绚烂。
精色内白，	色彩鲜艳果肉清白，
类可任兮^⑦。	类如君子能挑重担。
纷缊宜修，	花团锦簇风姿毓秀，
姱而不丑兮^⑧。	浑身美丽无半点丑！

【注释】

①后：后土。皇：皇天。嘉：美好的。徕：来。服：习惯，适

应。　　②受命：秉受自然的生命，即秉性。不迁：不能迁移。南国：南方。　　③深固：根深蒂固。难徙：难以迁徙。壹志：志向专一。　　④素荣：白花。纷：繁茂的样子。　　⑤曾：同"层"，层层。剡（yǎn）：尖锐。棘：刺。圆果：指橘子。抟（tuán）：圆形的。　　⑥青黄：橘子熟时，颜色由青变黄。杂糅：指将熟的果子和已熟的果子颜色间杂。文章：指橘子花纹。烂：灿烂。　　⑦精色：鲜明的颜色。内白：内里洁白。类：类别，属于。可任：可以承担重任。　　⑧纷缊（yùn）：花团锦簇的样子。宜修：美好。姱（kuā）：美好。

以上第一段，赞述橘树美好高洁的风神。

嗟尔幼志，	叹你幼年有大志，
有以异兮①。	实在出众不凡庸。
独立不迁，	独立挺拔不从俗，
岂不可喜兮？	岂不是大大的可喜！
深固难徙，	根深坚定难移植，
廓其无求兮②。	胸怀宽广无所倚。
苏世独立，	清醒独立大地上，
横而不流兮③。	劲枝横展绝不媚俗。
闭心自慎，	固守信念行为谨慎，

终不失过兮^④。	永远不会有失误。
秉德无私,	保持美德无私心,
参天地兮^⑤。	根深茂植参天地。
愿岁并谢,	愿长命百岁永不谢,
与长友兮^⑥。	与你结友永无期。
淑离不淫,	质佳德淑绝不骄逸,
梗其有理兮^⑦。	枝干正直又有文理。
年岁虽少,	年纪虽然小,
可师长兮^⑧。	可以做师长。
行比伯夷,	品行如伯夷,
置以为像兮^⑨。	种在身边作榜样！

【注释】

①嗟：感叹词。尔：指橘树。幼志：幼时的志向。异：不同一般。　②廓：心胸旷远而无所牵累。无求：无所求。　③苏世独立：清醒地独立于世上。苏，清醒。横：横绝，指特立独行的性格。不流：不随波逐流。　④闭心：固守其心不受外界影响。与"自慎"同义。终不失过：始终没有过错。　⑤秉德：持有德操。参天地：与天地并立为三。参，三。　⑥岁：年岁。并：疑为"不"之误。谢：凋零。与长友：与橘树长久为友。　⑦淑：善。离：通"丽"。不淫：不乱，不惑。梗：正

直，指橘子的枝干。理：纹理。　　⑧少：与前文"幼"同义。
指橘子初生之时。可师长：犹言可效法。　　⑨行：品行。比伯
夷：可与伯夷相比。伯夷，殷末孤竹君的长子，因不食周粟饿
死在首阳山，成为有志气的象征。置：植，立。像：表率，
榜样。

以上第二段，在前一段体物之后，进而言志，高扬"苏世独
立"、"梗其有理"等品格。

悲回风

《悲回风》，诗人自杀前作品。诗篇登高俯远，即景抒怀，情
绪激荡。既表达了投江的念头，又对自己死亡的作用有所怀疑，
心绪茫茫。题目也是取开篇头三字。

悲回风之摇蕙兮，	悲凉啊旋风摇动着蕙草，
心冤结而内伤①。	内心抑郁充满忧伤。
物有微而陨性兮，	物有因其微小而丧性命，
声有隐而先倡②。	声有因其微隐而首先鸣响。
夫何彭咸之造思兮，	为何对彭咸那么追慕，
暨志介而不忘③！	他的志坚使人永远不能忘。

万变其情岂可盖兮，	情况万变真情岂能掩，
孰虚伪之可长④！	虚伪情感怎么任其生长。
鸟兽鸣以号群兮，	鸟兽因失群而相互鸣叫，
草苴比而不芳⑤。	杂草混聚再多也不芳香。
鱼葺鳞以自别兮，	鱼儿靠堆积鳞片显示自己。
蛟龙隐其文章⑥。	蛟龙却将它的光彩隐藏。
故荼荠不同亩兮，	因而甜菜和苦菜不能同田亩，
兰茝幽而独芳⑦。	香兰在深谷里也暗吐幽香。
惟佳人之永都兮，	只有贤人永远美好，
更统世而自贶⑧。	经历不同世代也能显扬。
眇远志之所及兮，	心志所及如此高邈，
怜浮云之相羊⑨。	就像那白云在空中徜徉。
介眇志之所惑兮，	耿介的远志遭人疑惑，
窃赋诗之所明⑩。	私下赋诗表明衷肠。

【注释】

①回风：旋风。摇蕙：摇动蕙草。冤结：怨恨郁结。　②有微：微弱。有，形容词词头。陨（yǔn）：落。性：通"生"，生命，生机。声：秋风之声。有隐：隐约，指声音低。倡：同"唱"，先倡，始发之歌。　③造思：追思。暨：及。志介：志向坚定。④万变：指屈原自己所受坎坷遭遇。盖：掩藏。　⑤号群：呼

群。草苴（jū）：杂草。比：挨在一起。　　⑥茸（qì）：累积排
比。自别：自以为有别于旁类，即自我夸耀的意思。隐：隐藏。
文章：文采，即龙鳞的花纹。　　⑦荼（tú）：苦菜。荠（jì）：
甜菜。兰：香兰。茞：白芷，也是一种香草。　　⑧佳人：喻君
子，屈原自比。永都：永远美好。都，娴雅。更：经历。统：古
人称一个朝代为一统。统世即世世代代。贶（kuàng）：同"况"，
"皇"的假借字，光大的意思。这句是说自己将永远以美德自许。
⑨眇远志：高远的志向。眇，通"渺"，遥远。相羊：同"徜
徉"，飘游。　　⑩介：耿介。眇志：深微的意志。所惑：不被
理解。窃：私下，谦词。

惟佳人之独怀兮，　　　　只有佳人见地独，
折若椒以自处①。　　　　折取香木芳草来自处。
曾歔欷之嗟嗟兮，　　　　欷嘘不断声声叹，
独隐伏而思虑②。　　　　孤独隐居思虑苦忧。
涕泣交而凄凄兮，　　　　涕泪交流心凄惨，
思不眠以至曙③。　　　　愁思不眠星河曙。
终长夜之曼曼兮，　　　　夜色悠长无尽头，
掩此哀而不去④。　　　　挥之不去是忧愁。
寤从容以周流兮，　　　　醒来四处去周游，
聊逍遥以自恃⑤。　　　　从容逍遥聊自宽。

伤太息之愍怜兮，
气於邑而不可止⑥。
纠思心以为纕兮，
编愁苦以为膺⑦。
折若木以蔽光兮，
随飘风之所仍⑧。
存髣髴而不见兮，
心踊跃其若汤⑨。
抚佩衽以案志兮，
超惘惘而遂行⑩。
岁曶曶其若颓兮，
时亦冉冉而将至⑪。
蘋蘅槁而节离兮，
芳以歇而不比⑫。
怜思心之不可惩兮，
证此言之不可聊⑬。
宁逝死而流亡兮，
不忍为此之常愁⑭。
孤子唫而抆泪兮，
放子出而不还⑮。
孰能思而不隐兮，

心儿悲伤独自伤，
气积于心不可遣。
缠绕思绪织佩带，
编结愁苦作胸衫。
折下若木遮阳光，
随它飘风吹我到哪边。
眼前模糊什么都看不清，
心儿滚荡沸水涌。
抚摩玉佩衣襟来安心，
怅惘失意漫自行。
岁月忽忽向西倒，
生命渐渐接近老。
蘋蘅枯萎茎节都脱落，
芳华凋零香气全散飘。
可怜我忠贞思心不可改，
以上自解之言全属无聊赖。
宁愿突然死去魂飘荡，
不愿再忍受这无尽悲哀。
孤儿呻吟擦不尽泪，
弃子流离永不能回故乡。
想到这些谁不痛苦啊，

昭彭咸之所闻⑯。　　　　我愿使彭咸的法度再度昭彰。

【注释】

①佳人：屈原自喻。独怀：与众不同。若椒：杜若和申椒，都是香草。　②嗟嗟：叹气声。　③涕泣交：鼻涕眼泪交流不止。曙：天明。　④掩：抑制。不去：摆脱不开。　⑤寤：觉醒。　⑥愍怜：即怜愍，哀怜。於（wū）邑：即郁悒，苦闷。　⑦纠：纽结。纕（xiāng）：佩带。膺：本义为胸。这里指贴胸的内衣。　⑧若木：神话中的树木。仍：到达，即风吹到的地方。　⑨髣髴：恍惚。踊跃：跳动。汤：沸水。　⑩佩：玉佩。衽（rèn）：衣襟。案志：按捺心志。超："怊"之借字，惆怅，若有所失。惘惘：失意的样子。　⑪智智：忽忽。颓：没落。冉冉：渐渐。　⑫蘋、蘅：都是香草。节离：因枯萎而草节分离。以：通"已"，停止。歇：消散。比：聚集。　⑬怜：自怜。惩：制止。此言：指上文"折若木以蔽光兮，随飘风之所仍"等话。不可聊：不可依赖，不可信赖。　⑭逝死：死去。流亡：让灵魂漂流。之：而。　⑮孤子：屈原自指。唫："吟"的古体字。抆（wěn）：擦拭，揩。放子：被放逐的人，也是屈原自指。　⑯隐：悲痛。闻：名声。此句意为要"依彭咸之遗则"。

以上第一段，先言自己的孤芳高洁不容于世，继言内心难以排遣的苦痛，甚至想到了死去。

登石峦以远望兮，	登上山峦望远方，
路眇眇之默默①。	道路渺茫又寂寞。
入景响之无应兮，	没有影子也无回声，
闻省想而不可得②。	耳闻心想无所得。
愁郁郁之无快兮，	忧愁郁郁不快乐，
居戚戚而不可解③。	身居忧戚不能脱。
心鞿羁而不形兮，	心被束缚不能解，
气缭转而自缔④。	怨气缭绕自纠结。
穆眇眇之无垠兮，	天地渺渺放眼无边际，
莽芒芒之无仪⑤。	四处苍茫万物无形迹。
声有隐而相感兮，	声响微弱万物都有感应，
物有纯而不可为⑥。	品性纯一本来就孤单。
邈蔓蔓之不可量兮，	道路漫长得无法去丈量，
缥绵绵之不可纡⑦。	缥缈绵延迂回多曲弯。
愁悄悄之常悲兮，	愁思悄悄长怀悲哀，
翻冥冥之不可娱⑧。	幽暗中疾飞心如何欢喜？
凌大波而流风兮，	乘大波浪随风去，
托彭咸之所居⑨。	灵魂依托在彭咸所居。

【注释】

①石峦：石山。眇眇：辽远。默默：静寂。　②景响之无应：景同"影"。有影就有形，有响就有应，影响无应，指环境极为沉寂。闻：耳听。省（xǐng）：省察。想：冥想。这句是说耳闻目见心想都不可得见楚国。　③居：居留。戚戚：忧愁。　④靰（jī）羁：缰绳，此处引申为束缚。形：字当从一本作"开"，指心气郁结不能打开。缔：结，郁结。　⑤穆：静。眇眇：深远貌。无垠：无边无际。莽：苍茫。芒芒：同"茫茫"，空旷的样子。无仪：无影无形。　⑥感：感应。不可为：与上一句"相感"相对，指有些品格纯正的事物是容易处境孤单的。诗人以此表现自己孤立无依的现状。　⑦藐：通"邈"，遥远。蔓蔓，通"漫漫"。不可量：无法估计。缥：缥缈。纡（yū）：同"迂"，迂回。　⑧悄悄：忧愁的样子。翾：疾飞。冥冥：幽暗。　⑨凌：乘。流风：随风漂流。托：依托。此句指要效法彭咸投水而死。

上高岩之峭岸兮，	登上陡峭高山顶，
处雌霓之标颠①。	身居霓虹最上端。
据青冥而摅虹兮，	背靠苍穹将彩虹揽，
遂儵忽而扪天②。	刹那间高举手儿抚摩天。
吸湛露之浮源兮，	吸吮着浓郁清凉的甘露，

漱凝霜之雰雰③。

依风穴以自息兮，

忽倾寤以婵媛④。

冯昆仑以瞰雾兮，

隐岷山以清江⑤。

惮涌湍之礚礚兮，

听波声之汹汹⑥。

纷容容之无经兮，

罔芒芒之无纪⑦。

轧洋洋之无从兮，

驰委移之焉止⑧。

漂翻翻其上下兮，

翼遥遥其左右⑨。

氾潏潏其前后兮，

伴张弛之信期⑩。

观炎气之相仍兮，

窥烟液之所积⑪。

悲霜雪之俱下兮，

听潮水之相击。

借光景以往来兮，

施黄棘之枉策⑫。

又把冰凉的浓霜来漱含。

依着风穴来休息，

忽然醒来忧缠绵。

凭依昆仑俯视雾气，

依着岷山俯瞰长江清涟涟。

急流巨石相撞哗哗令人惊，

汹涌波涛让人心胆寒。

大水横流泛滥涌动无条理，

白茫茫一片纷纷又混乱。

浊浪滔滔不知从何而来，

奔驰蔓延到哪里才是终点。

澎湃翻腾上下滚，

江水疾流时左时右汹汹荡。

波涛奔涌后浪推前浪，

时快时慢伴着潮汐时落涨。

眼见夏日水汽在蒸腾，

又见烟水积累层层生。

悲叹寒霜雨雪一齐降，

倾听潮水撞击轰隆响。

驰骋往来赖有日月时间，

扬起黄棘弯曲的马鞭。

求介子之所存兮，　　　　寻访介之推存身之地，
见伯夷之放迹⑬。　　　　拜见伯夷隐居遗迹。
心调度而弗去兮，　　　　调适心绪故国还是不忍别，
刻著志之无适⑭。　　　　守志不移才是我不变的气节。

【注释】

①高岩：高山。峭岸：陡峭的山峰。雌霓：虹的一种，色较淡，也叫副虹。标颠：顶点。　②青冥：青天。摅（shū）：舒展，布开。儵（shū）忽：迅速。扪（mén）：摸。　③湛露：清凉的露，一说为浓厚的露。浮源：当作浮浮，形容露水浓厚的样子。漱：漱口。凝霜：浓霜。雰雰：凝霜浓重的样子。　④风穴：古代神话中风的聚集地，在昆仑山上。倾寤：转身醒过来。婵媛：情思缠绵。　⑤冯：同"凭"，依傍。瞰：俯视。隐：依。岐山：即岷山，为岷江的发源地，古人认为岷江是长江正源。清江：指长江。　⑥涌湍：急流。礚（kē）礚：水石相击声。泊泊：泊涌的声音。　⑦容容：即溶溶，纷乱的样子。无经：与下句的"无纪"相对，都是没有规则的意思，形容水势的翻腾汹涌无固定样态。罔：通"惘"，迷惑。芒芒：即茫茫。⑧轧：波涛相互倾轧。洋洋：形容盛大的水势。无从：汗漫。驰：奔腾。委移：同"逶迤"，形容水流的漫长弯曲。　⑨漂：同"飘"。翼：疾走。遥遥：犹摇摇，不定的样子。此句写波涛

起伏不止，左右奔腾的状态。　　⑩潏（jué）潏：水涌出的样子。伴：通"判"，判别。张弛：指潮水涨落。信期：潮水涨落的周期。　　⑪炎气：夏季郁蒸之气。相仍：相牵连。烟液：地气上升凝结的水液。　　⑫光景：日光月影。施：用。黄棘：神话中的木名，带刺。一说，黄棘为楚地名，楚怀王二十五年曾在这里与秦昭王盟约，自此楚国外交陷入被动。枉：弯曲。策：鞭子。一说，枉策指楚怀王错误的外交国策。　　⑬介子：即介之推。所存：隐居之处。放迹：隐居的遗迹。　　⑭调度：调适心情。刻著志：意志坚决。无适：别无所从，这句是说念念不忘介之推和伯夷等人的气节。

以上为第二段，写登高的所见所感，惚忽汪茫，充满绝望之感。

曰：

吾怨往昔之所冀兮，

悼来者之悐悐①。

浮江淮而入海兮，

从子胥而自适②。

望大河之洲渚兮，

悲申徒之抗迹③。

骤谏君而不听兮，

尾声：

我怨恨已往的希望成空，

哀叹未来是那样遥远。

还是随江淮流入大海吧，

追随伍子胥才遂我愿。

遥望河中大大小小的沙洲，

痛悼申徒狄投水的高行。

屡次进谏君主不听，

重任石之何益④！　　　　抱着大石自沉又有什么用？

心绖结而不解兮，　　　　心中愁思郁结无法解开，

思蹇产而不释⑤。　　　　悲伤郁塞让我不能宽怀。

【注释】

①曰："乱曰"的省略。冀：希望。悼：伤感。愁愁：同"逖（tì）逖"，遥远的样子。　　②浮江淮而入海：指投水自尽。子胥：伍子胥，贤臣，传说伍子胥被迫自杀后，吴王夫差命人将他的尸体投入江中。子胥的灵气化为怨气，势若奔马，归于大海。屈原作品中数次提到伍子胥的死亡方式。自适：顺适自己的心意。　　③大河：黄河。洲渚：水中的沙洲。申徒：申徒狄。殷代之贤臣，因屡次进谏纣王不听，抱石投水而死。抗迹：高尚的行为。　　④骤：屡次。重任石：一本作"任重石"。任，抱。这一句显示了诗人自杀之前内心的矛盾。　　⑤绖（guà）结：打了结，指愁思郁结。蹇产：纠结。不释：不能释放。这两句又见于《哀郢》，或该篇文字错简至此。

以上为第三段，重申自尽的想法。

【评析】

《九章》在内容及一些句子和用词上，都与《离骚》有着高

度相似。这对研究《离骚》无疑是很有帮助的。不过，两者之间有重要不同。首先在流放期间诗人的行踪上，就比《离骚》要表现得多，如诗人曾到过汉北，到过溆浦等，曾经随着郢都的破没而流亡等等，就都是《离骚》没有的。而且，《惜诵》言诗人"贱贫"，表明屈原这位"楚国同姓"实际与王室血缘关系颇为疏远，这也是屈原其他篇章所没有的。对研究诗人生平都是很重要的。其次是艺术上。与《离骚》一样，《九章》中也多有香草美人、历史、神话等各种的意象，但是，在抒情手法上又有新变。其一，浓郁的即景抒情，如《涉江》"入溆浦余僮佪兮"以下八句对周围景物的描述，又如《悲回风》"登石峦以远望兮"一段所展现的诗人眼中之孤寂景象，都是融情入景的手法。以前《诗经》也有，但如此浓烈的抒情还是空前的。其二，在修辞言情上，也多有新巧之喻，如《思美人》中"寄言浮云"、"归鸟致辞"想以浮云、飞鸟传递消息，以及《悲回风》中"纠思心以为纕兮，编愁苦以为膺"的化虚为实的想象，是一个创造，是言情方式的新突破。其三，一些篇章四言的使用，如《涉江》、《抽思》和《怀沙》中"乱曰"部分的上句四言，下句三言加一虚词"兮"的句法，形成了一种情急哀切的调子，很富表现力。说到四言，不能不谈一下《橘颂》。此诗吟咏生长南国的橘树，先从橘树生长之地说起，赞美其受命不迁的坚定品格；之后顺次叹美其花叶枝果；继而赞橘树幼苗以表其特异，美其"苏世独立"

以突出其"参天地"的大志；最后表达敬意。作品具有极高的思想及审美价值，而且，作为咏物之祖，其技法也极高，因为诗篇特别善于抓住橘树特征，实笔形象，虚笔传神，形神兼备。总体风调毓秀俊雅，极为可爱。

远　游

　　《远游》，神游天地的作品。旧题屈原所作，至宋代洪兴祖作《楚辞补注》则以为《远游》与司马相如《大人赋》相似，清代吴汝纶《古文辞类纂》更明言《远游》非屈原作，而是"后人仿《大人赋》为之"。此说得到不少学者的认同和补充。综合看怀疑者的理由，主要是《远游》的思想与《离骚》、《九章》等差异明显。《离骚》等作品虽也借助神怪之说来表达情感，却无轻身远举的超世之想，此篇则有太强烈的道家、神仙家色彩。自上述怀疑之说提出后，反驳者大不乏其人，如当代学者姜亮夫先生就认为不论是在文风、语法，还是在音韵等方面，《远游》都与屈原其他作品高度相近，而与《大人赋》差异明显（《楚辞今绎讲录》）。近年，关于《远游》的言及又有新说。有学者据新出土《银雀山汉简》，提出此篇为唐勒所作（赵逵夫《屈原与他的时代》）。新说有其合理性，但一时间也难以视为定论。

悲时俗之迫阨兮，　　　　　　　　悲叹这压抑的当世鄙俗，
愿轻举而远游①。　　　　　　　　愿轻身高飞到远方去游行。
质菲薄而无因兮，　　　　　　　　资质轻薄难自举啊，
焉托乘而上浮②？　　　　　　　　什么是我远游的依凭？
遭沉浊而污秽兮，　　　　　　　　遭遇昏沉肮脏世道，
独郁结其谁语③！　　　　　　　　郁闷孤独向谁诉说有谁听？
夜耿耿而不寐兮，　　　　　　　　深夜烦躁难入睡啊，
魂茕茕而至曙④。　　　　　　　　神情孤独炯炯到天明。
惟天地之无穷兮，　　　　　　　　想天地宇宙无穷大，
哀人生之长勤⑤。　　　　　　　　悲哀人生唯有劳苦伴此生。
往者余弗及兮，　　　　　　　　　过去的一切我追不回，
来者吾不闻⑥。　　　　　　　　　未来的所有也弄不清。
步徙倚而遥思兮，　　　　　　　　举止徘徊啊思绪纷邈，
怊惝恍而乖怀⑦。　　　　　　　　事不顺心啊恍惚惆怅。
意荒忽而流荡兮，　　　　　　　　神情恍惚又摇摆啊，
心愁凄而增悲⑧。　　　　　　　　心意凄怆徒悲伤。
神倏忽而不反兮，　　　　　　　　精神忽然间一去不复返，
形枯槁而独留⑨。　　　　　　　　唯有干枯躯体留凡间。
内惟省以端操兮，　　　　　　　　只有内省以端正操守，
求正气之所由⑩。　　　　　　　　以求顺着天地正气去遨游。
漠虚静以恬愉兮，　　　　　　　　心念虚静恬淡愉悦，

澹无为而自得⑪。　　　　　　淡泊息心舒适自由。

闻赤松之清尘兮，　　　　　　向往赤松子的高标远举，
愿承风乎遗则⑫。　　　　　　愿尊他的原则步他的后尘。

贵真人之休德兮，　　　　　　真人的德行真可贵啊，
美往世之登仙⑬。　　　　　　升入仙境方美妙。

与化去而不见兮，　　　　　　化身离去永不现身，
名声著而日延⑭。　　　　　　高明昭著日日延伸。

奇傅说之托辰星兮，　　　　　惊奇傅说升为天星，
羡韩众之得一⑮。　　　　　　艳美韩众得道清静。

形穆穆以浸远兮，　　　　　　形体慢慢将远离啊，
离人群而遁逸⑯。　　　　　　离别俗人群得隐逸。

因气变而遂曾举兮，　　　　　趁清气变化层层升，
忽神奔而鬼怪⑰。　　　　　　如鬼似神速速变。

时髣髴以遥见兮，　　　　　　精神飘渺偶露形，
精皎皎以往来⑱。　　　　　　灵魂洁白往来现。

超氛埃而淑邮兮，　　　　　　跨越红尘往异域，
终不反其故都⑲。　　　　　　故国再也不回转。

免众患而不惧兮，　　　　　　群俗的迫害终免除，
世莫知其所如⑳。　　　　　　凡夫哪知我的归宿。

恐天时之代序兮，　　　　　　唯恐天时流转不停步，
耀灵晔而西征㉑。　　　　　　闪闪太阳向西行。

微霜降而下沦兮，	微微的寒霜稍稍降，
悼芳草之先零㉒。	可叹芳草即凋零。
聊仿佯而逍遥兮，	且徘徊啊且踟蹰，
永历年而无成㉓。	年纪老大无所成。
谁可与玩斯遗芳兮？	有谁可共欣赏这残留的芳草？
晨向风而舒情㉔！	也只有临风浩叹独伤情！
高阳邈以远兮，	古帝高阳已经远去，
余将焉所程㉕？	有谁能把我的行径来品评？

【注释】

①迫阨（è）：狭窄，挤压。轻举：飞身高升。远游：在宇宙之间遨游。古代神仙家讲究飞身远游，超越世俗之外，此诗借用了飞升题材来表达情感。　②质：资质。菲（fěi）薄：微薄，指资质不厚。因：依靠，凭借。这句是说成仙的内外条件都不具备。托乘：乘载，依靠。　③沉浊：指世道溷浊。郁结：积聚不得发泄。谁语（yù）：语谁，对谁说。　④耿耿：不安的样子。茕（qióng）茕：孤独无依状。曙：天明。　⑤勤：辛苦。
⑥往者：泛指过去的一切事物。弗：不。来者：泛指将来的一切事物。　⑦徙倚：彷徨，徘徊。怊（chāo）：悲怨。惝怳（chǎng huǎng 或 tǎng huǎng）：惆怅失意貌。乖：违背。一说

"乖"字应作"永"。怀：心中愿望。　⑧荒忽：即恍惚。流荡：形容思绪翻腾荡漾的样态。凄：悲伤难过。增：增加，益发。　⑨倏忽：迅疾貌。"倏"字也作"儵"，异体字。形：指肉体，与"神"相对而言。　⑩惟：思考。省（xǐng）：反省，察看。端操：端正操守。正气：道家的概念，认为顺此正气可以得道。《庄子·逍遥游》"若夫乘天地之正"，此"正"即指正气。由：路途，行动方向。　⑪漠：淡漠。虚静：即清静虚无，道家追求的精神状态。恬（tián）：安静。恬愉：心神安乐的样子。澹：即淡，平静。无为：道家的处世态度和政治思想，顺其自然，不人为改变些什么。自得：满意舒适。　⑫赤松：赤松子，古代仙人的名字。据《列仙传》："赤松子，神农时为雨师，服冰玉，教神农，能入火自烧。至昆山上，长止西王母石室。随风雨上下，炎帝少女追之，亦得仙俱去。"清尘：去掉尘杂，指清静无为的境界。　⑬真人：仙人。休：美善。登仙：成仙而去的人；登，升。　⑭化去：指脱离形体而去。日延：一天一天地传播开来。　⑮傅说：即傅悦，殷高宗的贤臣。参《离骚》"说操筑于傅岩兮"句注。托辰星：传说傅说死后，其精神升于上天，位于"辰星"（又称"大辰"），即东方苍龙星宿之心、尾、箕三星。韩众：仙人的名字，又作韩终，见《列仙传》，言其骑白鹿，从玉女，为齐国人。又《史记·秦始皇本纪》："使韩终、侯公、石生求仙人不死之药。"据此韩众似乎是秦始皇时人。

然而学者指出，始皇时的韩众，其实是当时术士假托传说中的仙人之名，以欺骗好仙术的秦始皇。所以《本纪》所言，实不可据。得一：得道，指获得道家的真谛。《老子》："昔之得一者，天得一以清，地得一以宁，神得一以灵，谷得一以盈，万物得一以生，侯王得一以为天下正。"　⑯穆穆：杳渺幽冥的样子。浸：逐渐。遁（dùn）：隐去。逸：隐逸。　⑰气变：天地正气的变化。《庄子·逍遥游》："御六气之辩，以游无穷。""辩"即变。曾：累积，增加。举：飞升。神奔：像神一样奔驰游走。鬼怪：像鬼一样变化，怪异莫测。　⑱髣髴：即仿佛。精：脱离形体的精气。《管子·内业》："精也者，气之精者也。"皎皎：洁白明亮的样子。　⑲氛埃：恶气和尘埃，指代污浊的尘世。"超"一本作"绝"。淑邮：异途。"淑"又作"殊"，可从。"邮"途径。字又作"尤"。故都：此处实指人的肉体。　⑳众患：群小的迫害。如：去，往。　㉑耀灵：太阳。晔（yè）：光采明亮的样子。西征：太阳从东向西运行。　㉒沦：沉。零：落下。㉓仿佯（páng yáng）：徘徊，游荡。历年：经年，多年。成：成就。　㉔与：一起。玩：观赏。遗芳：残留的芳草。向风：临风。舒：舒展。　㉕邈：远。程：品式，度量的标准。

以上第一段，以不能"轻身远举"比喻现实对人的束缚压迫，表现追随赤松子的急切愿望。

重曰①：

春秋忽其不淹兮，
奚久留此故居②？
轩辕不可攀援兮，
吾将从王乔而娱戏③！
餐六气而饮沆瀣兮，
漱正阳而含朝霞④。
保神明之清澄兮，
精气入而麤秽除⑤。
顺凯风以从游兮，
至南巢而壹息⑥。
见王子而宿之兮，
审壹气之和德⑦。

曰⑧：

"道可受兮，
不可传⑨；
其小无内兮，
其大无垠⑩；
无滑而魂兮，
彼将自然⑪；
壹气孔神兮，

叠唱：

春秋岁月匆忙不留啊，
为什么停留此故地？
轩辕黄帝既然不可追随，
我只有追随王子乔去嬉戏！
吸食精气而饮夜气啊，
吮日中浩气而咀清晨的霞。
为保精神的清灵澄澈，
吸收精气浊气才排下。
随南风遨游啊，
到朱雀的窝巢暂停歇。
见到王子乔的归宿处，
探寻六气如何精一又和谐。

言说：

"道可以心受，
不可以言传；
道体说小可至精微无间隙，
说大可以大到无际又无边；
不要搅乱你的魂魄，
你的身心就可得自然；
精纯之气很神妙，

于中夜存^⑫;　　　它最真淳是夜半；

虚以待之兮,　　　要虚心等待啊,

无为之先^⑬;　　　不可凭心意来驱遣;

庶类以成兮,　　　道体无为万物成,

此德之门^⑭。"　　　这是入德大门径。"

【注释】

①重曰:重复地唱。　　②奚:为什么。　　③轩辕:黄帝,姓公孙,名轩辕。古代传说,皇帝升仙而去。《史记·封禅书》:"黄帝采首山铜,铸鼎于荆山下。鼎既成,有龙垂胡须下迎黄帝。黄帝上骑,群臣后宫从上者七十余人,龙乃上去。余小臣不得上,乃悉持龙须,龙须拔,堕,堕黄帝之弓。百姓仰望黄帝既上天,乃抱其弓与胡须号,故后世因名其处曰鼎湖,其弓曰乌号。"王乔:即仙人王子乔。据《列仙传》:周灵王太子晋,好吹笙,作凤鸣,遇浮丘公接引,升仙而去。戏:嬉戏,游戏。　　④餐:吞食。六气:一说指阴、阳、风、雨、晦、明为六气;一说朝霞、正阳、飞泉、沆瀣、天玄、地黄为六气。此处当为后一说。沆瀣(hàng xiè):夜间的水气,神仙家以为长期食之可以成仙。漱:吮。欶字的假借。正阳:日中之气。　　⑤神明:精神意识。精气:指天地之间的精华之气。麤(cū):粗,异体字。此

句为"吐故纳新"的意思。　　⑥凯风：南风。《诗经·凯风》有"凯风自南，吹彼棘心"句。古人以南风为生长之风。从：跟随。南巢：指南方神鸟朱雀的居住之地。壹息：稍事休息。⑦王子：即王子乔。宿：一说通"肃"，指对王子乔态度肃敬。审：探究，问询。壹气：即老子所谓的"专气"，道家讲究融六气为壹气，以达到精神专一的境界；也就是上文所说的"正气"。和德：犹言和谐，即气的和谐状态。　　⑧曰：指王子乔所作的回答。一说，曰字与下一句连读，是诗人从王子乔这里获得的感悟。　　⑨受：心中领会。传：用语言传授。此句"不可传"之前，一本有"而"字。　　⑩无内：指里面再不能容存什么东西，形容极小。《庄子·天下》："至大无外，谓之大一；至小无内，谓之小一。"垠（yín）：边际。　　⑪滑（gǔ）：一本字作"淈"，搅浑。而：同"尔"，第二人称代词。彼：指魂。自然：无为而无不为的自然境界，也是道家讲究的最高境。　　⑫孔：很，甚。神：奇妙，神秘。中夜：即中夜之气，即道家修炼的夜气，道家认为夜气最清灵。　　⑬虚：清静虚无的精神状态。待：等待。即顺应自然，进入内心虚静状态，不主动为万物之先的意思。　　⑭庶类：庶，众，庶类泛指万事万物变化之法则。成：成全。德：成仙得道。门：方法途径。

以上第二段，言从王子乔那里得到成仙的指教。

闻至贵而遂徂兮，	听罢箴言便离去，
忽乎吾将行①。	急急忙忙上征程。
仍羽人于丹丘兮，	就着羽人飞仙到丹丘啊，
留不死之旧乡②。	留在长生不死的祖庭。
朝濯发于汤谷兮，	早晨在日出的汤谷洗涤长发，
夕晞余身兮九阳③。	傍晚在太阳入地处沐浴晚霞。
吸飞泉之微液兮，	呼吸飞泉山谷腾起的清气，
怀琬琰之华英④。	身怀琬琰美玉的精华。
玉色頩以脕颜兮，	颜色饱满润泽如美玉，
精醇粹而始壮⑤。	精气纯净开始盛大。
质销铄以汋约兮，	肉体消解仙姿柔和真绰约，
神要眇以淫放⑥。	精神微妙放纵任高下。
嘉南州之炎德兮，	真爱这南方的火德啊，
丽桂树之冬荣⑦。	美丽桂树冬日也开花。
山萧条而无兽兮，	山岭萧条无野兽，
野寂寞其无人⑧。	荒野寂静无人声。
载营魄而登霞兮，	运作魂魄登云霞啊，
掩浮云而上征⑨。	驾着云团向上行。
命天阍其开关兮，	让天门守卫开大门，
排阊阖而望予⑩。	他推开天门瞪着我。
召丰隆使先导兮，	召来雷神来引路，

问大微之所居[11]。	问他太微宫墙在何所。
集重阳入帝宫兮，	从九重天降落在天帝宫，
造旬始而观清都[12]。	到旬始星上遥望清都真嵯峨。

【注释】

①至贵：至贵之言，指前面王子乔所说的话。徂（cú）：往。

②仍：就，依循。羽人：能飞行的仙人。近年在江西新干大洋洲曾出土商代刻有羽毛的玉人雕像，高9厘米，可知飞升追求在古代由来已久。丹丘：传说中昼夜长明的地方。不死之旧乡：神仙圣灵所住的地方。　③汤（yáng）谷：又作"旸（yáng）谷"，传说中太阳升起的地方。晞（xī）：晒干的意思。九阳：日入之处。一说，九个太阳。据《山海经·海外东经》，汤谷有扶桑木，九个太阳居于桑木下枝，一个太阳居于上枝，表示在天上。近年四川三星堆遗址出土的高大神树，上面也是有九只神鸟。　④飞泉：昆仑山西南的一个山谷，又名飞谷。微：精妙的。琬琰（wǎn yǎn）：均是美玉。　⑤颎（pīng）：气色饱满的样子。腕（wàn）：光泽。醇（chún）：味道厚。　⑥质：人的形体。销铄（shuò）：本为熔化金属，此处指形体上消解。汋（chuò）约：绰约，姿态柔美的样子。神：精神魂魄。要眇（miǎo）：轻灵美好的样子。淫放：无节制的放纵。这句是说形体化解后获得的解脱。　⑦嘉：赞美。南州：南方。炎德：古代阴阳家以五行配

五方，南方属火，故称炎德。丽：美丽。荣：开花长叶。
⑧其：而。这两句与上文不协调，不知何故。　　⑨营魄：魂魄。
《老子》："载营魄抱一"。登霞：上升到朝霞之间，即升天的意
思。掩：压。　　⑩阍（hūn）：守门的人。排：推开。阊阖
（chāng hé）：天门。　　⑪丰隆：雷神。大微：大即太，大微即
太微星，亦即太微宫之简称，在紫微星之南。传说是天帝的住
处。　　⑫重阳：古人认为，天是集阳气而成的，天有九重，因
此叫重阳。帝宫：天帝之宫。造：到达。旬始：星名。清都：天
帝所居的地方。

以上第三段，写升天受阻。

朝发轫于太仪兮，	早晨从太仪天宫发车啊，
夕始临乎于微间①。	傍晚临近东方的尾闾。
屯余车之万乘兮，	汇聚万辆的车马啊，
纷溶与而并驰②。	浩荡荡从容并驰驱。
驾八龙之婉婉兮，	八马如龙姿态多委婉，
载云旗之逶蛇③。	车上旌旗飘扬似云卷。
建雄虹之采旄兮，	树立长虹般的彩旗，
五色杂而炫耀④。	五颜六色好耀眼。
服偃蹇以低昂兮，	中间两马高大奔走低昂多姿态，

骖连蜷以骄骜⑤。	两边骖马奋蹄挽车真雄健。
骑胶葛以杂乱兮,	众马交错纵横很热闹,
斑漫衍而方行⑥。	一辆辆前后相连在天空中迁延。
撰余辔而正策兮,	手持马鞭端坐来策马,
吾将过乎句芒⑦。	我将到东方访探神灵句芒的家。
历太皓以右转兮,	绕过太皓向右转,
前飞廉以启路⑧。	引路在前的是风神飞廉。
阳杲杲其未光兮,	趁红彤彤初升太阳尚未大放光,
凌天地以径度⑨。	凌空跨越天地径直向前。
风伯为余先驱兮,	风伯为我做前驱,
氛埃辟而清凉⑩。	妖气扫除享清凉。
凤皇翼其承旂兮,	凤凰恭敬来举旗,
遇蓐收乎西皇⑪。	遇到蓐收在西皇。
揽彗星以为旍兮,	揽结彗星为旗帜,
举斗柄以为麾⑫。	高举北斗之柄为号令。
叛陆离其上下兮,	色彩斑斓上下舞,
游惊雾之流波⑬。	神游在流波雾气令人惊。
时暧曃其曭莽兮,	天光暗淡日昏昏,
召玄武而奔属⑭。	令北方神灵侍从左右前后奔。
后文昌使掌行兮,	使文昌星在后掌管行程啊,
选署众神以并毂⑮。	选取诸神与我并驾齐驱向前行。

路曼曼其修远兮，	长路漫漫啊遥途远，
徐弭节而高厉⑯。	徐徐着鞭才能高蹈入云端。
左雨师使径侍兮，	左有雨师为侍从，
右雷公以为卫⑰。	右边随从是雷公。
欲度世以忘归兮，	超越世俗忘回返啊，
意恣睢以担挢⑱。	恣意高举在清空。
内欣欣而自美兮，	内心欣欣感觉美，
聊媮娱以淫乐⑲。	姑且娱乐暂放纵。

【注释】

①太仪：天帝的宫廷。微间（lú）：即尾闾，传说中海水归宿之处。 ②万乘：万辆车，极言车多。溶与：溶溶与与，溶溶意为盛大的样子，与与意为从容的样子。 ③婉婉：龙行进时蜿蜒曲折的样子。逶蛇（wēiyí）：旗帜飘扬舒卷貌。 ④建：竖起。雄虹：古人认为虹分雌雄，雄的称为虹，雌的称为霓。采：同"彩"。旄（máo）：用牦牛尾作装饰的旗帜。 ⑤服：古代驾车用四匹马，居中的两匹叫服，服马两侧的叫骖。偃蹇（yǎnjiǎn）：高高的，指马的身躯。低昂：低头和昂首。连蜷：卷曲的样子。骄骜：同"骄傲"。 ⑥骑（jì）：车骑，此处指马。胶葛：众马纵横交错貌。斑：即"班"，指一队车马。漫衍：无边无际的样子。方：两船或两车并行。 ⑦撰：持，拿。辔

（pèi）：驾驭牲口用的缰绳。过：访问。句（gōu）芒：又作"勾芒"，古代传说中东方主木之官，又为木神名。　　⑧太皞：又作太暤，神话中的东方之帝，伏羲氏。飞廉：风神。启：开。　　⑨杲杲（gǎo）：明亮。未光：指太阳刚出，尚未十分光亮。径：径直。度：渡。　　⑩风伯：即风神飞廉。氛：恶气。辟（pì）：排除。　　⑪翼其：犹言翼翼，小心的样子。承：接着，举着。旗（qí）：字同"旗"。蓐（rù）收：西方之神。据《山海经》：左耳有蛇，乘两龙，人面，白色有毛，虎爪，执钺。西皇：西方之帝少昊（hào）。　　⑫旌（jīng）：字同"旌"，旗的一种。斗柄：北斗星之"柄"。麾（huī）：指挥作战用的大旗。　　⑬叛：通"斑"，纷乱的样子。陆离：色彩斑斓。惊：纷乱的样子。⑭暧曃（ài dài）：日光昏暗。晛（tǎng）莽：日光不明。玄武：二十八星宿中的北方七宿（斗、牛、女、虚、危、室、壁）组成龟蛇相缠之象，因为在北方，所以称"玄"，龟蛇有鳞甲，所以叫"武"。属（zhǔ）：连缀，跟随。　　⑮文昌：星名，属紫微宫，包含六颗星，形状如匡，位置在北斗星的斗魁之前。行：指从行者。署：部置，安排。毂（gǔ）：车轮中心的圆木，周围与车辐的一端相接，中有圆孔，可以插轴。此处代指车。　　⑯曼曼：即漫漫。修：长。弭（mǐ）节：缓行。高厉：高扬。　　⑰雨师：司雨之神。雷公：雷神。　　⑱度世：脱离尘世，即成仙。恣睢（zì suī）：任意放纵。担挢（jiē jiǎo）：揭挢，高举貌。"担"字当作"揭",或"拮",为假借字。　⑲欣欣：喜悦的样子。媮：
字同"愉"，快乐。

涉青云以泛滥游兮，　　　　　升入青天白云随意浮游意逍遥，
忽临睨夫旧乡①。　　　　　　忽然间故乡的轮廓入眼帘。
仆夫怀余心悲兮，　　　　　　仆夫留恋啊我的心也悲伤，
边马顾而不行②。　　　　　　驾车的边马也回首不肯前。
思旧故以想象兮，　　　　　　思至亲故友啊心头浮联想，
长太息而掩涕③。　　　　　　长叹息啊眼泪婆娑难遮掩。
氾容与而遰举兮，　　　　　　漂游徘徊不断高升，
聊抑志而自弭④。　　　　　　以求平定情绪而自安。
指炎神而直驰兮，　　　　　　朝着南天火神而奔驰啊，
吾将往乎南疑⑤。　　　　　　我的目标是那九嶷山。
览方外之荒忽兮，　　　　　　眼看世外的荒远啊，
沛罔瀁而自浮⑥。　　　　　　如汪洋中漂浮真浩瀚。
祝融戒而跸御兮，　　　　　　火神祝融为我清道警戒啊，
腾告鸾鸟迎宓妃⑦。　　　　　传告凤凰把神女宓妃来迎接。
张《咸池》奏《承云》兮，　　开演黄帝《咸池》尧乐《承云》，
二女御《九韶》歌⑧。　　　　娥皇、女英放歌《九韶》音。
使湘灵鼓瑟兮，　　　　　　　命湘水神灵来鼓瑟，
令海若舞冯夷⑨。　　　　　　令海若、冯夷起舞共婀娜。

玄螭虫象并出进兮，	黑色螭龙与长蛇同蹁跹，
形蟉虬而逶蛇^⑩。	螭龙盘绕长蛇委婉。
雌蜺便娟以增挠兮，	雌霓轻盈弯曲照苍穹，
鸾鸟轩翥而翔飞^⑪。	凤凰展翅任意飞。
音乐博衍无终极兮，	音乐广博悠长韵无尽，
焉乃逝以徘徊^⑫。	让人欲走还留意徘徊。
舒并节以驰骛兮，	放开骊马的节奏任奔驰，
逴绝垠乎寒门^⑬。	远远奔向天边北极的寒门。
轶迅风于清源兮，	超越风速直溯八风之源，
从颛顼乎增冰^⑭。	追随北帝颛顼在层层寒冰窟。
历玄冥以邪径兮，	经由斜径找寻北方的玄冥，
乘间维以反顾^⑮。	顺着天地上下环顾。
召黔嬴而见之兮，	招来造化之神相见，
为余先乎平路^⑯。	为我平整道路在前。

【注释】

①涉：字同"陟"，升高。泛滥：飘浮游荡。　②边马：即骖马。　③以想象：通过想象的方式。　④氾：泛。异体字。容与：徘徊。遰举：高升。抑：压抑。　⑤炎神：炎帝，南方的天帝。南疑：南方的九嶷山。　⑥方外：世外。荒忽：荒远渺茫。沛：行动迅速的样子。潤瀁（wǎng yǎng）：亦写作"潒

灢"，亦即汪洋，水盛大无极的样子。一本作"罔象"。　　⑦祝融，火神，西方之神。跸御（bì yù）：帝王出行时，禁止行人通行。一本作还衡。鸾（luán）鸟：古代传说中的一种神鸟。据《山海经》：西南三百里曰女床之山……有鸟焉，其状如翟（dí），五彩纹，名曰鸾鸟，见则天下安宁。　　⑧《咸池》：尧时的乐曲名。《承云》：黄帝时的乐曲名。二女：指尧的两个女儿娥皇、女英，同嫁舜为妻。御：侍奉。《九韶》：舜时的乐曲名。⑨湘灵：湘水之神。瑟：一种弦乐器，有二十五根弦。海若：海神名。冯（píng）夷：水神名。　　⑩螭（chī）：神话中一种没有角的龙。虫：通"虺"，长蛇。象：即罔（wǎng）象，又称象罔，水中神物。蟉虬（liú qiú）：屈曲盘绕的样子。委蛇（yí）：曲折貌。　　⑪蜺（ní）：通"霓"，即霓虹中雌者，颜色偏暗。便（pián）娟：轻盈美好貌。增：高出。挠：缠绕。轩：飞翔。翥（zhù）：展翅而飞。　　⑫衍：余裕，盛多。焉乃：于是就。⑬并：骈，假借字。骈，对称。古代常用四匹马驾车，所以称之为骈。节：节度，行进的节奏。骛：快跑。逴（chuō）：远。绝垠：极遥远的天边。寒门：北极之门。　　⑭轶（yì）：超越。清源：八风之源泉，指北海之地。颛顼（zhuān xū）：古帝王，即高阳氏。　　⑮玄冥：北方之神。邪径：犹言绕路。间维：犹言天地，上下四方为六间，四隅为四维。　　⑯黔嬴（yíng）：传说中的造化之神。平：平整。

以上第四段，写四方神游。

经营四荒兮，	往来东南西北，
周流六漠①：	周游四方上下。
上至列缺兮，	上达天间裂隙，
降望大壑②。	下观大壑无涯。
下峥嵘而无地兮，	世界的下端深远无底，
上寥廓而无天③。	苍天广远何尝有边际。
视儵忽而无见兮，	这里虽有物可见眨眼即消逝，
听惝怳而无闻。	有声能闻恍惚空旷成虚寂。
超无为以至清兮，	上达无为清虚之妙境，
与泰初而为邻④。	将与根本大道相合一。

【注释】

①经营：往来。四荒：四面荒远之地。六漠：六合，指天地与四方。　②列缺：天上的裂缝，为闪电所出。大壑：在渤海之东，有无底的深壑，名叫归墟。《山海经·大荒东经》："东海之外大壑。"　③峥嵘：深险的样子。寥廓：空阔高远。

④超：上升。泰初：又作"太初"，《列子·天瑞》："太初者，气之始也。"即天地未分之前的元气状态，亦即道的最初境地。

以上为第五段，表明与道合一的追求。

【评析】

古代曾有一种以求长生不老为宗旨的神仙之术，而据考古发现，这种骑龙、鹿、虎等物上天求道的仙术，可能在仰韶文化时期就开了端绪，到战国时期更是风气甚盛。屈原的《离骚》，其登天求药、求高丘之女等内容，表明其文学的构思是受着求仙观念的启发的。然而，《离骚》是借求仙以抒发其现实精神苦闷，而《远游》则是以借模拟屈原苦闷，表达求仙飞升的旨趣。正因如此，《远游》与《离骚》貌合神离，也是把握《远游》特征的关键。求仙之术的传说是随着时代变化的，其流行之地也因时代而有不同。就《远游》所显露的"仙术"内容而言，应该较《离骚》晚，所以学者言其为唐勒所作，起码从时间上看是更为合适的。楚国在秦将白起灭郢后，东迁陈地。陈地是老子的故乡，离庄子的家乡也不远。《远游》明显的道家观念应与楚国人东迁后受地域文化影响有关。此地又与齐国是近邻，而齐国又是战国时仙术的盛行之区。这或许影响了诗篇多表道家、仙家观念和传说的特点。《远游》正是此类文学的开创之作，也堪称它的代表作。

卜　居

卜居，选择居处。篇章实际所表，却是作者对人生道路的选择。旧题屈原所作。前人对此表示怀疑，以为是后人假托之作。不过，即便是假托，假托之人也是"深知屈原生活和思想的"（郭沫若《屈原赋今译》）。

屈原既放，三年不得复见①。竭知尽忠，而蔽鄣于谗，心烦虑乱，不知所从②。乃往见太卜郑詹尹③，曰："余有所疑，愿因先生决之④。"

詹尹乃端策拂龟⑤，曰："君将何以教之？"

屈原曰："吾宁悃悃款款朴以忠乎⑥？将送往劳来斯无穷乎⑦？宁诛锄草茅以力耕乎⑧？将游大人以成名乎⑨？宁正言不讳以危身乎⑩？将从俗富贵以媮生乎⑪？宁超然高举以保真乎⑫？将哫訾栗斯，喔咿儒儿，以事妇人乎⑬？宁廉洁正直以自清乎？将突梯滑稽，如脂如韦，以洁楹乎⑭？宁昂昂若千里之驹乎⑮？将泛泛若水中之凫，与波上

屈原既遭放逐，三年未能见楚王。竭尽智慧与忠诚，却被谗言所阻障。他心中烦杂纷乱，不知何去何从。于是去见太卜郑詹尹，问："我有疑惑，愿先生为我决断。"

詹尹摆正蓍草，拂拭龟甲，说："先生有何见教？"

屈原说："我应该诚实恳切为国尽忠，还是应该永无休止地往来应酬？是该芟除杂草努力耕种，还是游说权贵获取名声？是忠言直谏，不顾危及自身，还是顺从世俗，追求富贵，苟且偷安？是应该超然远去，保持本性，还是低眉顺眼，圆滑敷衍，模棱支吾，赔着笑脸奉承得宠的女人？是廉洁正直，清白自重，还是插科打诨，油滑绵软，见风转舵？是像千里马一样昂然而行，还是像水中野鸭子一样随波逐流，得过且过保全自己？是与

下，偷以全吾躯乎⑯？宁与　骏马并驾齐驱，还是应该在驽马身
骐骥亢轭乎⑰？将随驽马之　后跟随？是与黄鹄比翼高飞，还是
迹乎⑱？宁与黄鹄比翼乎⑲？　与鸡和鸭争食残羹剩饭？
将与鸡鹜争食乎⑳？

【注释】

①放：放逐。　②知：即智，古代"智"字常作"知"。蔽鄣：
遮掩阻挡。　③乃：于是。太卜：国家掌管卜筮之官。郑詹
尹：太卜的名字。　④因：靠，凭借。决：决断。　⑤端
策：将蓍草摆正。策，古代占卜用的蓍草。拂龟：拂拭占卜用的
龟甲。　⑥宁（nìng）：宁愿。悃（kǔn）悃：诚恳，诚实。款
（kuǎn）款：诚恳，恳切。朴以忠：质朴尽忠。朴，质朴。
⑦将：还是。与上句中的"宁"构成一组内容相反的问句，可以
翻译为"是应该……还是应该……"。送往劳来：指交际往来，
周旋应酬。斯：如此，这样。无穷：没有终结。　⑧诛：芟
除。力耕：努力耕种。比喻努力从政，排除党人。　⑨游：游
说。大人：指掌权的显贵之人。　⑩正言：直谏。不讳：不避
讳、顾忌。身：指自己性命。　⑪从俗：顺从世俗。媮生：苟
且偷安。媮，同"偷"。　⑫高举：远去归隐。保：保持。真：
本性，本质，道家常用语。　⑬呫訾（zú zī）：言语谄媚的样
子。栗：圆滑应对的意思。斯：语助词。喔咿（wō yī）：咿咿呀

呀，说话不清楚的样子。儒儿：又作嚅唲，强笑的样子。妇人：指宠妃，如郑袖之流。　⑭突梯：处世圆滑。滑稽（gǔ jī）：古代一种盛酒的器具，能不断地往外流酒，比喻能言善辩，语言流畅。脂：油脂，比喻处世圆滑。韦：熟牛皮，比生牛皮柔软，比喻极易改变立场。洁：同"絜（xié）"，量度物体周围的长度。楹（yíng）：柱子。絜楹比喻根据事物的情况而改变自己。　⑮昂昂：志行高超，气质不凡的样子。　⑯泛泛：漂浮。凫（fú）：野鸭子。偷：苟且，得过且过。　⑰骐骥（qí jì）：骏马。亢（kàng）：同"伉"，高举。轭（è）：驾车时套在牲口脖子上的曲木。　⑱驽（nǔ）马：劣马。　⑲黄鹄（hú）：大鸟，据说能一飞千里。比翼：并飞。　⑳鹜（wù）：家鸭。

此孰吉孰凶？何去何从？世溷浊而不清①：蝉翼为重，千钧为轻②；黄钟毁弃，瓦釜雷鸣③；谗人高张，贤士无名④。吁嗟默默兮，谁知吾之廉贞⑤！"

詹尹乃释策而谢曰⑥："夫尺有所短，寸有所长⑦；物有所不足，智有所不明⑧；

请问哪个是吉，哪个是凶？我将何去何从？世道混浊不清，将轻薄蝉翼看做重，把千钧之重当成轻；黄钟遭到毁弃，瓦釜却在雷鸣；谗佞小人气焰高，贤明之士默无声。可叹只有沉默啊，有谁知道我的廉洁忠贞？"

詹尹放下蓍草辞谢道："尺有时也短，寸有时也长。世间万物各有不足，智者有时也糊涂。卜卦也有

数有所不逮，神有所不通^⑨。龟　算不准，神灵也有想不通。以你的
用君之心，行君之意^⑩。龟　心，行你的意，卜筮问卦实在无法
策诚不能知此事^⑪！"　　弄清有些事情！"

【注释】

①溷（hùn）：混浊。　②蝉翼：蝉的翅膀，极轻薄。钧
（jūn）：古代重量单位，三十斤为一钧。　③黄钟：符合黄钟
律的钟，体积较大，声音最为宏亮。釜（fǔ）：圆锅。雷鸣：发
出雷鸣一般大的声响。　④高张：谗人占据高位而气焰嚣
张。　⑤吁嗟（xū jiē）：叹息。廉贞：廉洁忠贞。　⑥释策：
放下龟策。谢：辞，告知。　⑦尺有所短，寸有所长：尺比寸
长，但有时也会显得短；寸比尺短，而有时也会显得长。
⑧物有所不足，智有所不明：世间万物都有其不足之处，智者也
有不明白的道理。　⑨数：卜卦所得的卦数。逮：及，达到。
这句是说，占卜问卦也有算不准的时候，神灵也有不通的时候。
⑩用君之心，行君之意：按照自己的心志和意愿行动。　⑪诚：
实在。

【评析】

　　《卜居》除开头和结尾之外，中间一大部分是由"宁……将"
的选择句式构成的。在这样的句式下，问题鱼贯而出，显示了屈

原内心的压抑，选择句内容上非此即彼的截然对立，形成一种张力，很适宜表现诗人誓死不向黑恶势力低头的操守与品格。篇章的特点还在其文体，很像古典版的散文诗，大多数句子是有韵的，不押韵的散句时而夹杂其中，意味浓郁而又气格疏朗。

渔　父

　　《渔父》，楚人表现屈原人生志向的作品。旧题屈原作，不可信。作品表现了屈原放逐沅湘后的精神状况，对了解屈原沉江前的生活很有帮助。楚地尊称老人为父，渔父即打鱼的老人，实际是楚地一位隐者。

屈原既放，游于江潭，行吟泽畔，颜色憔悴，形容枯槁①。

渔父见而问之曰："子非三闾大夫与！何故至于斯②？"

屈原曰："举世皆浊我独清，众人皆醉我独醒，是以见放③。"

渔父曰："圣人不凝滞于物，而能与世推移④。世人皆浊，何不淈其泥而扬其波⑤？众人皆醉，何不哺其糟而歠其醨⑥？何故深思高举，自令放为⑦？"

屈原曰："吾闻之，新沐者必弹冠，新浴者必振衣⑧。安能以身之察察，受物之汶汶者乎⑨？宁赴湘流，葬于江鱼之腹中。安能以皓皓之白，而蒙世俗之尘埃乎⑩！"

渔父莞尔而笑，鼓枻而

屈原放逐后，独行于江潭，且行且吟在大泽之边，面容憔悴，形容枯槁。

渔父见了问道："您不是三闾大夫吗？为什么流落到这般地步？"

屈原答："全世界都混浊，只有我还清白；世人都醉，只有我还清醒，因此被放逐了。"

渔父说："圣人对待万事不拘泥固执，他随世道变化而变通。世人都污浊，何不搅和泥水，助长其波？众人都醉，何不食糟饮酒，与世同醉？为何非要思虑深切，举止高超，以致被放逐？"

屈原答道："我听说，刚洗过头发一定要弹掉帽子上的灰土，刚洗过澡一定要抖落衣上的尘埃。怎能让洁净的身体遭到污浊的玷辱？宁愿投身江流，葬身鱼腹，怎么能让洁白蒙受世俗的尘埃？"

渔父微微一笑，荡舟而去。唱

去⑪。乃歌曰："沧浪之水清
兮，可以濯吾缨。沧浪之水
浊兮，可以濯吾足⑫。"

遂去，不复与言⑬。

道："沧浪江的水清澈啊，可以洗
我的冠缨。沧浪江的水混浊啊，可
以洗我的双足。"

渔父远去了，再不与屈原说
什么。

【注释】

①江：这里应指沅江。潭：深渊，在今湖南常德境内。泽畔：水
边。颜色：脸色。　②渔父：打鱼的老丈，应是一位隐士。三
闾（lú）大夫：三闾大夫是掌管王族三姓（昭、屈、景）的官，
屈原曾做过三闾大夫。与：同"欤（yú）"，句末语气词，表疑问
或感叹。斯：此，这个地步。　③举：全。见放：被放逐。
④凝滞：停止流动，不灵活。与世推移：随着社会的变化而灵活
变通，与"凝滞于物"相反。　⑤淈（gǔ）：混浊，搅乱。
⑥哺（bǔ）：食，吃。糟：酒渣。歠（chuò）：饮。醨（lí）：薄
酒。吃些酒渣，饮些薄酒，与众人同醉的意思。　⑦高举：高
于世人的行为方式。为（wéi）：句末语气词。　⑧沐（mù）：
洗头。弹（tán）：用手指弹击。浴：洗澡。振：抖动。　⑨察
察：洁白的样子。汶（mén）汶：玷辱，污染。　⑩皓（hào）：
洁白，皓皓之白是形容极白，比喻高洁品行。蒙：遭受。　⑪莞
（wǎn）尔：微笑的样子。鼓枻（yì）：划动船桨。　⑫沧浪：

水名，在今湖南常德。濯（zhuó）：洗。缨：帽子上的装饰带。渔父歌此，表达的是与时推移、时移事异的意思。　⑬遂（suì）：于是。

【评析】

《渔父》表现的是诗人的人生抉择，也是两种生活观念的对决。楚地多隐者，当年孔子南游至楚国北界时就遇到了长沮、桀溺一类人物。其所持的观念，与这里渔父所说也颇为相似。因而很令人怀疑，这是一篇后人的假托。假托之人对儒、道两家人生哲学的分歧很了解。文字虽多散句，却诗意浓厚。这首先是因为善于选取角度，截取诗人与渔父对话片段展现人物品格，言简意赅。其次，也更重要，是渔父与诗人截然对立的对话，都采取了形象鲜明的比喻；全文句子的抑扬顿挫、朗朗上口，增添了文字的意味。

九　辩

　　《九辩》是宋玉的作品。据《史记·屈原列传》、《韩诗外传》及《汉书·艺文志》等文献，宋玉为楚顷襄王时的文学侍臣，也有人认为他与屈原有师生关系，与唐勒、景差同时。又有学者考证，宋玉为楚幽王时人，六十岁作《九辩》（游国恩《楚辞概论》）。近年又有新说法，以为宋玉即宋主，即宋国王子，宋灭国后逃往楚国，并改换名字（赵明主编《先秦大文学史》）。宋玉作品除《九辩》外，较为可信的还有《风赋》、《高唐赋》、《登徒子好色赋》等。"九辩"一词见于《离骚》，应是夏代流传下来的古曲之一。"辩"即"变"，凡乐曲改换乐章、曲调都可称之为"变"。《九辩》旧说为悯惜屈原的作品，近现代学者多认为此篇是宋玉自述伤情之作，写法上深受《离骚》影响，但在表达情感的方式上也有一些新的变化。

悲哉，秋之为气也①！　　悲哉，这秋天的萧飒之气！
萧瑟兮草木摇落而变衰②。　瑟瑟凄风啊草木摇摆飘落而凋零。
憭栗兮若在远行，　　　　苍凉冷落啊好像一人独自远方行，
登山临水兮送将归③。　又似登山临水送人踏归程。
泬寥兮天高而气清，　空旷啊天空清朗又肃爽，
寂寥兮收潦而水清④。　积水消退水面澄澈又平静。
憯凄增欷兮薄寒之中人，　凄惨唏嘘啊秋寒侵人阵阵冷，
怆怳懭悢兮去故而就新，　失意惆怅啊天地万物舍旧而趋新，
坎廪兮贫士失职而志不平⑤。　坎坷啊穷士闲置困顿意难平。
廓落兮羁旅而无友生，　孤独啊滞留他乡没有朋友，
惆怅兮而私自怜⑥。　寂寞啊自哀自怜情自生。
燕翩翩其辞归兮，　燕子翩翩向南方去，
蝉寂漠而无声⑦。　蝉儿困守寂寞无响声。
雁廱廱而南游兮，　大雁雍雍鸣叫朝南飞，
鹍鸡啁哳而悲鸣⑧。　鹍鸡唧唧喳喳在悲鸣。
独申旦而不寐兮，　从夜到明无法入睡，
哀蟋蟀之宵征⑨。　暗夜蟋蟀哀鸣触发幽情。
时亹亹而过中兮，　时光流逝不觉已过了中年，
蹇淹留而无成⑩。　可还是停留在原地无所成。

【注释】

①气：气候，古人认为秋气即杀气、阴气。　②萧瑟：风吹草木的声音。摇落：脱落，凋零。　③憭（liáo）栗：凄凉。送：送别。将归：将要结束的这一年。　④泬寥（xuè liáo）：空旷的样子。寂漻（liáo）：水清澈平静的样子。潦（lǎo）：雨后地面积水，收潦即雨水退尽。夏天水涨，故浊，秋天水退，故河道中的水特别澄清。　⑤憯：同"惨"。憯凄即悲凄。增欷（xī）：不断的叹息。欷，叹息。薄寒：轻寒。中（zhòng）：伤，侵袭。怆怳（chuàng huǎng）：失意的样子。懭悢（kuǎng liàng）：惆怅的样子。坎廪（kǎn lǐn）：即坎坷，遭遇不顺。贫士：作者自称。失职：失去官职。　⑥廓落：空虚孤独。羁旅：留滞异乡。友生：友人。怜：怜悯。　⑦翩翩：轻快飞行的样子。辞归：辞北归南。寂漠：即寂寞。　⑧廱廱：即雍雍，雁子和谐的鸣叫声。鹍（kūn）鸡：鸟名，象鹤，黄白色。啁哳（zhāo zhā）：形容声音繁杂细碎。　⑨申旦：直到天亮。宵征：本义是夜行，这里指蟋蟀的夜鸣。　⑩亹（wěi）亹：运行不息的样子。过中：过了中年。蹇：楚方言，发语词。淹留：久留。无成：没有成就。

悲忧穷戚兮独处廓，	哀叹处境穷愁啊孤寂又空落，
有美一人兮心不绎①；	有一个美人啊心中常忧戚；

去乡离家兮徕远客^②，	背井离乡客居这远方，

去乡离家兮徕远客②，　　　背井离乡客居这远方，

超逍遥兮今焉薄③？　　　　飘飘荡荡何时命运有着落？

专思君兮不可化，　　　　　思念君王的心难变，

君不知兮可奈何④！　　　　君王不知啊可奈何！

蓄怨兮积思，　　　　　　　层层积怨郁愁思，

心烦憺兮忘食事⑤。　　　　心乱发呆无心做事无心食。

愿一见兮道余意，　　　　　希望见您一面表我心，

君之心兮与余异⑥。　　　　可君的想法总与我相异。

车既驾兮朅而归，　　　　　车子已经驾好那我只能离去，

不得见兮心伤悲⑦；　　　　不得相见啊心伤不已；

倚结轵兮长太息，　　　　　倚着车厢长叹息，

涕潺湲兮下沾轼⑧。　　　　眼泪落下车前衡木湿。

忼慨绝兮不得，　　　　　　愤懑至极无法抑制，

中瞀乱兮迷惑⑨。　　　　　心中昏迷错落再也不能平静。

私自怜兮何极？　　　　　　这样的自叹自怜何时是尽头，

心怦怦兮谅直⑩。　　　　　内心忠诚正直永远是坚定！

【注释】

①戚：读作蹙（cù），一本作蹙；穷困、无路可走。廓（kuò）：空旷，也可解为空虚。有美一人：诗人自指。怿：通"怿"，喜悦，愉快。　②去乡离家：指离开郢都。徕远客：来荒远之地

做客。徕，同"来"。　　③超：遥远。逍遥：闲散无着落的样子。焉：疑问代词作状语，解作"到哪里"。薄：止，薄的本义是靠近，在这里作停止解。　　④专：专心。君：指王。不可化：无可改变。　　⑤烦惂（tán）：因忧愁而发呆的样子。食事：吃饭和做事。一说为饮食之事。　　⑥道余意：说明我的意思。　　⑦揭（qiè）：离开。　　⑧倚：靠着。结轮（líng）：古代的车厢的木栏，用木条交错构成，所以叫结轮。涕：眼泪。潺湲（chán yuán）：泪流不断的样子。轼：古代车前用以扶手的横木。　　⑨忼慨：一本作"慷慨"，忼、慷，读音相同，激愤不平的心情。绝：断绝。瞀（mào）乱：昏迷错乱。　　⑩怜：悲伤。何极：何时到头。怦（pēng）怦：忠诚的样子。谅直：忠诚正直。

皇天平分四时兮，	上天平分春夏秋冬为四季，
窃独悲此廪秋①。	独有这凄冷秋天让我悲伤。
白露既下百草兮，	冰凉的露水降落在百草上，
奄离披此梧楸②。	霎时间桐楸树纷纷叶凋丧。
去白日之昭昭兮，	昭昭白日离人远，
袭长夜之悠悠③。	进入沉沉暗夜悠悠长。
离芳蔼之方壮兮，	芳菲繁茂的旺盛已成过去，
余萎约而悲愁④。	如今只剩下萎缩和悲凉。

秋既先戒以白露兮，　　　白露降下预告秋来临，
冬又申之以严霜⑤。　　　接踵而至是冬天的严霜。
收恢台之孟夏兮，　　　　孟夏浩大生气已收缩，
然欲傺而沉藏⑥。　　　　刹那间一切景象被收藏。
叶菸邑而无色兮，　　　　叶子黯淡再也无光泽，
枝烦挐而交横⑦；　　　　空枝交错一片杂乱相；
颜淫溢而将罢兮，　　　　色泽发暗逐渐在凋落，
柯仿佛而萎黄⑧；　　　　枝桠颜色暗淡稀疏又枯黄；
萷櫹椮之可哀兮，　　　　可怜那树梢光秃秃高耸，
形销铄而瘀伤⑨。　　　　形体消磨郁积着病伤。
惟其纷糅而将落兮，　　　那败叶纷杂将脱落，
恨其失时而无当⑩。　　　可惜它们已经失去了时光。
擥骖辔而下节兮，　　　　拉住马的缰绳停下车，
聊逍遥以相佯⑪。　　　　消闲散步且徜徉。
岁忽忽而遒尽兮，　　　　岁时如水一年将完结，
恐余寿之弗将⑫。　　　　恐怕我的性命不延长。
悼余生之不时兮，　　　　悲痛我的生不逢时，
逢此世之俇攘⑬。　　　　遇上这混乱世道多扰攘。
淡容与而独倚兮，　　　　散淡逍遥独自伫立，
蟋蟀鸣此西堂⑭。　　　　听蟋蟀悲鸣在西堂。
心怵惕而震荡兮，　　　　叫声让心中震荡惊惧，

何所忧之多方⑮！　　　　百千忧思一齐涌上心房。

仰明月而太息兮，　　　　抬头仰望明月长叹息，

步列星而极明⑯。　　　　星光下徘徊一直到天亮。

【注释】

①四时：四季。廪秋：廪，一作"凛"。凛秋即寒秋。　　②奄：忽然。离披：分散的样子。指叶子落尽，枝条疏散。梧楸：梧树和楸树，都是早凋的树木。　　③去：离开。袭：进入。　　④芳蔼：芳菲繁茂，喻壮年。方壮：正当壮年。萎约：萎缩。⑤戒：警戒。申：加重。　　⑥恢台（yí）：广大而繁茂的样子。孟夏：初夏。然：于是，就。欿：通"坎"，陷落。傺（chì）：停止。沉藏：沉埋收藏。这两句是说，秋天一到，盛夏繁盛的景象就停止而沉埋收藏起来。　　⑦菸（yān）邑：黯淡的样子。烦挐（rú）：纷乱的样子。交横：树枝交错。　　⑧颜：树叶的颜色。淫溢：即"淫暗"，色泽阴暗貌。罢：同"疲"。柯：树枝。仿佛：在此为暗淡的意思。　　⑨萷：通"梢"，树梢。橚椮（xiāo sēn）：树枝光秃而高耸的样子。销铄（shuò）：销毁。瘀伤：树木受寒冷淤积的损伤。　　⑩惟：语词。纷糅：繁多错杂。失时：过了壮盛的季节。　　⑪下节：即按鞭停车。相佯：即徜徉，徘徊。　　⑫遒（qiú）：迫近。弗将：不能持续。⑬伀（guàng）攘：混乱的样子。　　⑭容与：闲散的样子。倚：

有所依靠而伫立。 ⑮怵惕：惊惧。所忧多方：多方面的忧

虑，即忧虑重重。 ⑯仰：仰望。一本作"印"。步：边走边

观望。列星：众星辰。极明：直到天明。

以上第一段，前十九句言秋天景象，排山倒海，重在突出秋

气的悲凉。之后，情感略趋平静，重在表现秋气对生命的损伤。

窃悲夫蕙华之曾敷兮，	暗悲那花朵重叠丰腴的香蕙，
纷旖旎乎都房①。	曾在华屋散播过浓郁芬芳。
何曾华之无实兮，	为何如此好花却不曾结果实，
从风雨而飞飏②！	遭风雨瞬间香消玉飘扬。
以为君独服此蕙兮，	原以为君王独爱此蕙花，
羌无以异于众芳③。	哪知道待她与普通花一样。
闵奇思之不通兮，	可怜这曲折心思不能告诉君，
将去君而高翔④。	就要离开到远方翱翔。
心闵怜之惨凄兮，	心哀悯而凄凉，
愿一见而有明⑤。	多么想见君王倾吐衷肠。
重无怨而生离兮，	深念自己无罪却要生离，
中结轸而增伤⑥。	悲愁缠结越来越多是忧伤。
岂不郁陶而思君兮，	不是我不心思深沉思念您，
君之门以九重⑦。	是君闭锁九重门。

猛犬狺狺而迎吠兮，　　　凶猛的狗冲着我汪汪狂吠，

关梁闭而不通⑧。　　　　　不可通行的正是门关和桥梁。

皇天淫溢而秋霖兮，　　　上天总是连绵不绝降秋雨，

后土何时而得漧⑨！　　　潮湿的大地何时才干爽！

块独守此无泽兮，　　　　块然独守在这芜泽地，

仰浮云而永叹⑩。　　　　对着浮云长长叹息长哀伤。

【注释】

①华：古"花"字。蕙华：蕙草的花。此为作者自比。曾敷：曾，即层，重叠；敷，开花。曾敷即花朵层叠开放。旖旎（yǐnǐ）：茂盛的样子。都房：都，美；都房即华屋。　②实：果实。飏（yáng）：飘扬。　③服：佩带。众芳：一般的花朵。这句是说楚王拿蕙芳不当回事。　④闵：同"悯"，伤念。奇思：奇妙的心思。　⑤有明：有以自明。　⑥重：反复地想。无怨：无罪，没有过错。生离：生生别离，指被抛弃。"重无怨"是说自己反复想，并没有在君主面前招致怨恨的行为。中：心中。结轸（zhěn）：沉痛郁积。　⑦郁陶：忧思郁结。九重：形容君王住处深远，难以见到。　⑧狺（yín）狺：狗吠声。关梁：门关和桥梁。比喻小人的重重阻挠。　⑨淫溢：过度，指下雨过多。霖：久下不停的雨。后土：土地，与"皇天"相对。漧：字同"干"，干燥的意思。　⑩块：孤独的样子。

无泽：无，通"芜"。芜泽即荒芜的草泽。

何时俗之工巧兮，	为何时俗这样善于取巧，
背绳墨而改错①！	背离规矩抛弃法度！
却骐骥而不乘兮，	拒绝乘坐那优良骏马，
策驽骀而取路②。	却要鞭策劣马来赶路。
当世岂无骐骥兮，	哪是当今世上再无骏马，
诚莫之能善御。	其实是没车夫可以将它驾驭。
见执辔者非其人兮，	眼见操缰的人滥竽充数，
故骗跳而远去③。	骏马跳跃着远远逃去。
凫雁皆唼夫粱藻兮，	野鸭都吃上精米和鲜蔬，
凤愈飘翔而高举④。	凤凰也只得展翅远举。
圜凿而方枘兮，	在圆的榫眼里插入方榫头，
吾固知其钮铻而难入⑤。	我就知道它一定冲突相抵触。
众鸟皆有所登栖兮，	凡鸟都有地方可栖息，
凤独遑遑而无所集⑥。	唯有凤凰无处栖身好孤独。
愿衔枚而无言兮，	愿从此缄口不言做哑巴，
尝被君之渥洽⑦。	又难忘您曾对我恩泽沃。
太公九十乃显荣兮，	姜太公九十岁才尊荣，
诚未遇其匹合⑧。	诚因先前所遇不投合。
谓骐骥兮安归？	说骏马到哪里找归宿？

谓凤皇兮安栖⑨?	说凤凰到何处寻栖舍?
变古易俗兮世衰,	世风衰败心不古,
今之相者兮举肥⑩。	当今相马人只懂挑肥舍弃瘦。
骐骥伏匿而不见兮,	骏马全都藏起来再也不出现,
凤凰高飞而不下⑪。	凤凰也都高飞不下远远走。
鸟兽犹知怀德兮,	鸟兽尚知感念有德者,
何云贤士之不处⑫?	又怎能质问贤士不留去他处?
骥不骤进而求服兮,	良马从不贸然求驾车,
凤亦不贪馁而妄食⑬。	凤凰也不贪嘴随便进食物。
君弃远而不察兮,	君主轻于抛弃从不明察,
虽愿忠其焉得⑭?	贤人想效忠可怎能施展抱负!
欲寂漠而绝端兮,	想从此沉默断除思念,
窃不敢忘初之厚德⑮。	不敢忘记当初您恩德厚。
独悲愁其伤人兮,	独自悲秋暗伤神,
冯郁郁其何极⑯?	愤懑浓愁何时休!

【注释】

①工巧:善于钻营。绳墨:比喻法度。错:通"措",举措。
②却:拒绝。骐骥:良马,比喻贤士。策:用作动词,鞭策。驽
骀(nú tái):劣马,比喻小人。　③执辔者:操缰绳的人,比
喻执政者。�(jú)跳:跳跃,指良马远远地离开。　④兔:

野鸭。唼（shà）：象声词，水鸟或鱼类吃食物的声音。粱：精米。藻：水草。这两句比喻群小食禄，贤士远去。　⑤圜：同"圆"。凿：榫眼。方枘（ruì）：方形的榫。钽铻（jǔ yǔ）：彼此不相合。字亦作龃龉。　⑥众鸟：比喻小人。登栖：栖宿。遑（huáng）遑：往来不定的样子。集：栖。　⑦衔：含。枚：像筷子一样的木杆。古代行军时，为了防止喧哗，每个士兵的口里衔枚，以防止出声。这里指闭口不言。被：蒙受。渥洽（wò qià）：深厚周到的恩泽。　⑧太公：姜子牙，姜尚。据说他年纪很大时才遇到周文王，成就了一番大事业。诚：实在。匹合：匹配，投合。　⑨安归：归于何处。安栖：停留在何处。⑩变古易俗：改变古代法则和风俗。相者：指相马的人。比喻选拔人才的人。举肥：挑选肥马。比喻用人忽略了有真才干的贫士。　⑪伏匿：藏匿，躲藏。　⑫鸟兽：指凤凰和骐骥。怀德：感恩。不处：不愿留在朝廷中。　⑬骤进：急进。服：驾车。餧：同"喂"，本义是喂食，在此有吃的意思。妄食：胡乱进食。　⑭弃远：抛弃，疏远。　⑮绝端：断绝思绪。指不再思念君王。　⑯冯：愤懑。何极：哪里是尽头。

以上第二段，批评君主不知任贤，世道黑暗。

霜露惨凄而交下兮，　　　　漫天的寒霜露水一齐落，心尚幸其弗济①。 原侥幸霜露难有作用。

霰雪雰糅其增加兮， 雪糁雪花纷纷扬扬夹杂下，

乃知遭命之将至②。 才知道我糟糕命运将显形。

愿徼幸而有待兮， 心存侥幸还有期待，

泊莽莽与野草同死③。 却要腐烂在茫茫荒野与草同。

愿自往而径游兮④， 想亲自前往直接游说君王，

路壅绝而不通⑤。 可道路堵塞断绝了交通。

欲循道而平驱兮， 想沿一般路途常规来进见，

又未知其所从⑥。 可不知何去又何从。

然中路而迷惑兮， 路的中途就陷入迷惑，

自压桉而学诵⑦。 压制着愤懑学着将诗歌诵。

性愚陋以褊浅兮， 天性愚笨性格又狭隘，

信未达乎从容⑧。 从来也没做到真从容。

窃美申包胥之气盛兮， 暗自赞美申包胥的大志气，

恐时世之不固⑨。 又担心时世不相同。

何时俗之工巧兮？ 为何时代风俗偷奸取巧，

灭规矩而改凿⑩。 破坏了规矩妄自改凿孔。

独耿介而不随兮， 独自耿直光明不随波逐流，

愿慕先圣之遗教⑪。 仰慕先圣遵从德教老传统。

处浊世而显荣兮， 在混浊的世界身处高位，

非余心之所乐。 不是我心希望的光荣。

与其无义而有名兮,	与其徒有虚名失道义,
宁穷处而守高⑫。	情愿保持节操永远守贫穷。
食不媮而为饱兮,	决不苟且求饱食,
衣不苟而为温⑬;	决不苟且求衣暖。
窃慕诗人之遗风兮,	敬佩诗人留下的遗风,
愿托志乎素餐⑭。	决不尸位白吃饭。
蹇充倔而无端兮,	穷困褴褛无终止,
泊莽莽而无垠⑮。	飘零野外茫茫漫无边。
无衣裘以御冬兮,	没有皮衣抵御这刺骨寒气,
恐溘死不得见乎阳春⑯。	怕要忽然死去再见不到春天!

【注释】

①霜露：比喻群小的排挤和打击。交下：交错地下。幸：希望。弗济：不能成功。以霜露指群小的迫害。　　②霰：雪珠。雰（fēn）：雨雪纷纷。糅：交杂。雨雪交杂而下比喻祸乱的加深。遭命：将要遭受的不幸命运。　　③微幸：即侥幸。有待：指等待楚王的醒悟。泊：通"溥"，广大的意思。一说泊是洎（jì）字的误写，及、到的意思。莽莽：无边无际的样子。　　④往，是"枉"字之误或假借。自枉而径游，即经小路去见楚王。一本作"愿自直而径往"。　　⑤壅绝：阻塞断绝。　　⑥循道：沿着大道。平驱：平稳地驱驰。　　⑦压桉：压抑，压制。桉，同

"按"。一本作"按"。压按，一本作"压塞"。学诵：学习作诗。
⑧陋：浅陋，见闻少。褊（biǎn）浅：狭隘浅薄。信：确实，实
在。从容：镇静自若。　　⑨窃美：私下赞美。申包胥：春秋时
楚大夫。吴伐楚，攻占郢都，楚昭王逃亡到国外，申包胥只身前
往秦国求救，在秦廷哭七日，秦哀公被感动，出兵帮助楚国。气
盛：志气旺盛。固："同"字的误写。　　⑩规矩：指法度。改
凿：改了凿孔，指废弃了法度。　　⑪耿介：正大光明。随：顺
从世俗。慕：仰慕。　　⑫穷处：处于穷困。守高：坚守崇高的
节操。　　⑬媮：同"偷"，苟且。为：争取，求。　　⑭诗人：
指《诗经》的作者。素餐：白吃饭。《诗经·伐檀》："彼君子
兮，不素餐兮。"指责在位者尸位素餐。　　⑮充倔：同"梳
褛"，衣衫褴褛的意思，此处比喻穷困，承上"衣不苟而为温"一
句而来。泊：飘泊无定。垠：边际。　　⑯御：抵御。溘（kè）
死：突然死去。

靓杪秋之遥夜兮，　　　　　安静的暮秋夜正长，
心缭悷而有哀①。　　　　　郁结缠绕无尽愁。
春秋逴逴而日高兮，　　　　春秋替代渐渐老，
然惆怅而自悲②。　　　　　于是独自惆怅独自忧。
四时递来而卒岁兮，　　　　四季更替一年又结束，
阴阳不可与俪偕③。　　　　阴和阳永远不共处。

白日晼晚其将入兮，	天色苍茫太阳将落下，
明月销铄而减毁④。	明月也残缺圆满不再有。
岁忽忽而遒尽兮，	岁月匆匆近年尾，
老冉冉而愈弛⑤。	年纪越老心志也跟着在蠹朽。
心摇悦而日幸兮，	心意摇动每日总期盼，
然怊怅而无冀⑥。	可又惆怅这都是白日在做梦。
中憯恻之凄怆兮，	沉痛迫中肠啊心苦楚，
长太息而增欷⑦。	长长的叹息一声声。
年洋洋以日往兮，	时光荏苒年华空流逝，
老嵺廓而无处⑧。	老迈人在这空旷世界无宿处。
事亹亹而觊进兮，	勤勉国事希望得到进用，
蹇淹留而踌躇⑨。	一生就白白度过空踯躅。

【注释】

①靓（jìng）：静。杪（miǎo）秋：晚秋。遥夜：长夜。缭悷（liáo lì）：缠绕郁结。　②春秋：年岁。逴（chuò）逴：越走越远。日高：犹言一天天老了。然：乃。　③递来：更迭而来。卒岁：过完一年。阴阳：指变化的时光。春夏为阳，秋冬为阴。与：与阴阳在一起。俪偕：同时并存。　④晼（wǎn）晚：日落时昏暗的样子。销铄（shuò）：亏损，与"减毁"同义。⑤遒：临近。愈弛：指心志越来越松弛。　⑥摇悦：心神摇

荡。悦，同"跃"。日幸：天天希望，指回到故都。怊（chāo）怅：惆怅。冀：希望。　⑦憯恻（cǎn cè）：悲痛。与"凄怆"同义。　⑧洋洋：广大无边的样子。嵺廓：同"寥廓"，空旷的意思。无处：无处托身。　⑨事：国事。亹（wěi）亹：勤奋不息的样子。觊（jì）：希望。进：进用。

以上第三段，感叹自己怀才不遇的愁闷，明确坚守志向的态度。

何氾滥之浮云兮，	浮云何其奔涌又滚翻，
猋壅蔽此明月①！	迅速升起将明月来蔽掩。
忠昭昭而愿见兮，	昭昭忠心希望君主能见到，
然霠曀而莫达②。	可昏暗阻隔无法令知晓。
愿皓日之显行兮，	愿太阳光明显耀在天运行，
云濛濛而蔽之③。	可乌云滚滚总是将它来遮盖。
窃不自料而愿忠兮，	自不量力想献出一片忠心，
或黕点而污之④。	可有人将我诬蔑和陷害。
尧舜之抗行兮，	唐尧虞舜品行多高尚，
瞭冥冥而薄天⑤。	光辉耀眼可以上与天齐。
何险巇之嫉妒兮，	嫉妒小人多么险恶，
被以不慈之伪名⑥？	横加诬蔑说他们虚假无恩慈。

彼日月之照明兮，　　　那日月在天空照耀，

尚黯黮而有瑕⑦。　　　尚且点点有瑕瘢。

何况一国之事兮，　　　何况一国之大事，

亦多端而胶加⑧。　　　更是纷扰胶着头绪繁。

被荷裯之晏晏兮，　　　穿上柔和短身荷叶衣，

然潢洋而不可带⑨。　　　松垮邋遢只因不可腰带系。

【注释】

①氾滥：同"泛滥"，形容浮云的层层翻涌。浮云：比喻谄谀小人。猋（biāo）：本义是狗跑得飞快，引申为迅速。壅蔽：遮蔽。明月：比喻君王。　　②露（yīn）：同"阴"，阴云。暗（yì）：阴暗。　　③皓日：比喻君王。显行：显耀地在空中运行。濛濛：云气浓重的样子。　　④不自料：不自量。"料"一本作"聊"。或：有人。黕（dǎn）点：污垢。污：玷污。　　⑤抗行：高尚的德行。瞭冥冥：高远的样子。瞭，一本作"杳"。薄：迫近。　　⑥险：险阻崎岖，指小人阴险难测。被：强加。　　⑦日月：比喻尧舜。黯黮（àn dǎn）：昏暗。瑕：玉石上的斑点，指缺点。　　⑧多端：头绪多。胶加：纠缠不清。"彼日月"以下四句，是说日月虽光明尚有斑点，一国之事那样复杂，是特别容易被小人抓到把柄的。　　⑨被：通"披"。荷裯（dāo）：荷叶做的短衣。晏晏：轻柔的样子。潢洋：衣服不合身的样子。

带：动词，给衣服系带子。这两句以荷叶做的短衣，比喻楚王只讲外表，不重实际。

既骄美而伐武兮，	总是夸耀自己美好与勇武，
负左右之耿介①。	辜负左右亲信心正直。
憎愠怆之修美兮，	忠正美德总被你憎恶，
好夫人之慷慨②。	装腔作势你爱惜。
众踥蹀而日进兮，	小人投机钻营一天天在高升，
美超远而逾迈③。	美德总是越来越远离开你。
农夫辍耕而容与兮，	农夫若停下耕作来逍遥，
恐田野之芜秽④。	恐怕田野会凋敝。
事绵绵而多私兮，	国事纷纭群小以私多害公，
窃悼后之危败⑤。	真担心国事不久要溃崩。
世雷同而炫曜兮，	群小雷同相互炫耀，
何毁誉之昧昧⑥。	毁誉颠倒一塌糊涂。
今修饰而窥镜兮，	现在可以对着镜子来伪装，
后尚可以窜藏⑦！	到后来如何逃脱罪责和惩处！
愿寄言夫流星兮，	愿托流星带封信给君主，
羌儵忽而难当⑧。	可是它飘忽无定难托付。
卒壅蔽此浮云兮，	天地都被这浮云遮，
下暗漠而无光⑨。	下界昏暗一片迷雾。

【注释】

①骄美：自骄其美。伐武：自夸勇武，夸耀武功。负：背离。左右：身边臣属。耿介：耿直。　②愠忧（yùn lǔn）：温良谦诚貌，这里指忠心耿耿的人。修美：美好的样子。慷慨：这里指能说会道，装腔作势。　③踥蹀（qiè dié）：奔走钻营的样子。日进：一天天被重用提拔。美：指贤明、忠诚的人。超远、逾迈：都指越走越远。　④辍耕：停止耕作。容与：闲适。芜秽：荒芜，长满乱草。　⑤事：指国事。多私：指许多小人徇私舞弊。　⑥雷同：比喻小人们的同声唱和。炫曜：比喻小人们的互相吹捧。昧昧：昏暗的样子。　⑦修饰：指小人修饰伪装，照镜自赏。可：何。窜藏：逃窜藏匿。两句是说现在小人可以蒙蔽君主一时，将来何以逃避罪责。　⑧儵（shū）忽：快速的样子。难当：难以遇到。当，值。指流星难以寄言。　⑨卒：终于。

尧舜皆有所举任兮，　　　唐尧虞舜无不举贤能，
故高枕而自适①。　　　　因此高枕无忧自从容。
谅无怨于天下兮，　　　　自信没有辜负天下期望，
心焉取此怵惕②？　　　　就不会心里有鬼总恐慌。
乘骐骥之浏浏兮，　　　　骏马驾车总会畅行如流水，
驭安用夫强策③？　　　　何用鞭答强催促？

谅城郭之不足恃兮，　　　　　如果城郭都不可靠，

虽重介之何益④？　　　　　　厚重盔甲又有何用处？

遭翼翼而无终兮，　　　　　　迟缓谨慎从不懈，

忳惛惛而愁约⑤。　　　　　　愁闷沉沉心被缚。

生天地之若过兮，　　　　　　人生天地如过客，

功不成而无效⑥。　　　　　　事业不成名声也不树。

愿沉滞而不见兮，　　　　　　想隐姓埋名人不见，

尚欲布名乎天下⑦。　　　　　又想四海之内名声布。

然潢洋而不遇兮，　　　　　　飘飘荡荡没有机遇得重用，

直怐愗而自苦⑧。　　　　　　空怀愚忠自愁苦。

莽洋洋而无极兮，　　　　　　空落旷野茫茫无边际，

忽翱翔之焉薄⑨？　　　　　　一身漂泊何处是归宿！

国有骥而不知乘兮，　　　　　国有良马不知乘，

焉皇皇而更索⑩？　　　　　　急匆匆四下乱找岂不瞎忙碌。

宁戚讴于车下兮，　　　　　　宁戚在车下一唱歌，

桓公闻而知之⑪。　　　　　　桓公就知道他有大抱负。

无伯乐之善相兮，　　　　　　世上没有了伯乐的慧眼，

今谁使乎誉之⑫。　　　　　　有谁还能将良马来称数？

【注释】

①举任：推举任用贤能的人。高枕自适：即高枕无忧。自适，安

闲的样子。　②谅：确实，诚然。怵惕：惊惧，害怕。　③浏（liú）浏：形容顺行无阻。强策：强硬的鞭策。这两句用骏马驾车不需鞭策比喻贤人治国无需国君驱使。　④恃：依靠。重介：介，铠甲，重介即层层铠甲。这句是说如果不能任用贤人，有坚甲利兵也没有用。　⑤邅（zhān）：回旋不前。翼翼：谨慎的样子。无终：无极，始终。忳（tún）：忧愁。惛（hūn）惛：郁闷的样子。愁约：忧愁穷困。这两句是说自己常年谨慎忧愁。

⑥生天地：谓人生一世。若过：像过客一样。　⑦愿：志愿。沉滞：埋没。见：现。布名：扬名。这两句是说志愿不能实现，还谈得上扬名天下么。　⑧潢洋：无所遇合的样子。直：一味地。恂愁（kòu mào）：愚昧。这句是说自己空怀愚忠，自寻烦恼。　⑨莽洋洋：荒野茫茫。这两句是形容一身漂泊，无所栖止。　⑩皇皇：同"遑遑"，往来不定的样子。更索：另做寻求。　⑪宁戚：春秋卫国人，参《离骚》"宁戚之讴歌兮"句注。　⑫誉：赞誉。一本作"訾"，估量。

　　以上第四段，再次揭露君主的昏暗与小人的邪恶，痛惜了国事的衰败。

罔流涕以聊虑兮，　　　　　怅惘流泪姑且抒发忧愁，
惟著意而得之①。　　　　　望国君能体察我的忠厚。

纷纯纯之愿忠兮，　　　纯纯的心意想要献给君主，
妒被离而鄣之②。　　　无休无止的嫉妒将我来障堵。
愿赐不肖之躯而别离兮，　望还我轻贱身躯让我离去，
放游志乎云中③。　　　纵身与白云在空中相追逐。
乘精气之抟抟兮，　　　乘着团团的精气，
骛诸神之湛湛④。　　　随从众多的诸神。
骖白霓之习习兮，　　　驾着白虹飘飘飞，
历群灵之丰丰⑤。　　　超过群神纷如云。
左朱雀之茇茇兮，　　　左有朱雀神鸟飞翩翩，
右苍龙之躣躣⑥。　　　右有神龙腾跃相陪伴。
属雷师之阗阗兮，　　　雷师在后鼓起阗阗的雷声，
通飞廉之衙衙⑦。　　　风神在前呼呼作响来开路。
前轻辌之锵锵兮，　　　前有轻车响起悦耳铃，
后辎乘之从从⑧。　　　后有辎重车轰隆紧相连属。
载云旗之委蛇兮，　　　车树云旗随风舞，
扈屯骑之容容⑨。　　　随侍车队如飞如扬气势炫。
计专专之不可化兮，　　　拳拳忠贞的心意终不可改变，
愿遂推而为臧⑩。　　　终愿自进做名贤。
赖皇天之厚德兮，　　　靠着皇天的厚恩，
还及君之无恙⑪。　　　保佑我君无病无灾永安然。

【注释】

①罔：通"惘"，怅惘。聊虑：姑且抒发自己的思虑。著意：专心一意。得之：体察到自己的忠心。　②纷：盛多。纯纯：诚挚的样子。被离：通"披离"，纷乱众多的样子。鄣：阻挠。　③不肖：不才。放游：无拘无束地游历。这两句是希望乞身而去。　④精气：阴阳之气。抟（tuán）抟：聚集的样子。鹜（wù）：追求。湛（zhàn）湛：诸神盛多貌。　⑤白霓：不带颜色的虹。习习：飞动的样子。群灵：众神。丰丰：众多貌。　⑥朱雀：主南方的神鸟。芰（pèi）芰：翩翩飞翔的样子。苍龙：主东方的神龙。躣（qú）躣：行走的样子。　⑦属（zhǔ）：在后面跟随。阗（tián）阗：雷声。通：一本作"道"，导引。飞廉：风神。衙（yǔ）衙：行走的样子。　⑧轻辌（liáng）：轻车。轻，一本作"軿"。锵锵：指车铃声。辎乘：重车。从从：紧紧相连。　⑨扈（hù）：侍从。屯骑：聚集的车辆。容容：飞扬的样子。　⑩计：思虑。专专：专一。化：改变。遂：终于。推：进。臧（zāng）：善。这两句是说因为自己爱国之情终不可变，最后还是推进自己与人为善。　⑪赖：依赖。君：指楚王。无恙：无病无忧。最后两句祝愿自己的君主安然无恙。

　　以上第五段，抒发郁闷心情，表明离去之心，并祝国君无恙。实有总结全篇之用。

【评析】

诗篇开始时的"贫士失职而志不平"句，正可概括《九辩》的主题。即是说，志士的失意是篇章感情的主调。篇中表达了"余"的志向极其高洁，也表达了君主善恶是非不分、小人对"余"的排挤，当然也有对历史贤者的议论，看上去与《离骚》都很像。然而与《离骚》中之"我"相比，《九辩》中的主人公则显得颇为文弱，就是说，《九辩》假如真的就是宋玉为屈原代言的话，也把屈原精神给文士化了。《离骚》中强烈的爱邦家情怀，强烈的改善世界的宏愿，以及誓不向恶势力低头妥协的意志等等，都趋于平淡了。《九辩》不是没有情感，只是不能表现一个抗争的顶天立地的英雄形象了。这与其说是宋玉个人的问题，不如说是时代变迁，士子阶层普遍文士化的表现而已。不过，在艺术上，《九辩》倒确实有自己的特点，那就是开创了一个为后世文人十分喜爱的"悲秋"主题。零散地描写秋天的诗句在《诗经》就有，在屈原《九歌》中也有很好的片段，但将士子的政治失意放到寥落的秋光中大力渲染，是要以《九辩》为始的。也因此《九辩》有"悲秋之祖"的美誉。

招　魂

　　《招魂》，屈原为楚怀王招魂之作。旧说一种认为宋玉为屈原招魂，一说屈原为自己招魂。考诸篇章内容，叙述的都是一个国君所应当享受的饮食、歌舞、住宅等；又《史记·屈原列传》曾明确地说："余读《离骚》、《天问》、《招魂》、《哀郢》，悲其志。"可知《招魂》是屈原为怀王招魂的作品。古代招魂之俗遍布大江南北，有招生魂、死魂之别。此篇明显系怀王死后招魂，写作时间当在顷襄王初期。

朕幼清以廉洁兮，	我自幼清白廉洁，
身服义而未沫①。	持正义气节未曾有缺点。
主此盛德兮，	守此盛德啊，
牵于俗而芜秽②。	可被世俗牵累遭污染。
上无所考此盛德兮，	上天不能明察这美德啊，
长离殃而愁苦③。	于是陷入苦痛而不能断绝。
帝告巫阳曰：	上帝告诉巫阳说：
"有人在下，	"有人困在下界，
我欲辅之④。	我想给他以护佑。
魂魄离散，	他的魂魄已经飘散，
汝筮予之⑤。"	你去为他占筮招回且还原。"
巫阳对曰："掌梦⑥，	巫阳回答说："我是掌梦的小神，
上帝命其难从，	上帝您的吩咐我实难办。
若必筮予之⑦，	如果一定要我把魂魄招回，
恐后之谢，	恐怕时辰已过，
不能复用⑧。"	不能再让他复活。"

【注释】

①朕：我。清：清白。服：行，操行。沫：通"昧"，昏暗。　②主：守。盛德：指清、廉、洁、义等美德。人生而德善，但生活经验会让灵魂变坏，所以下文又说"牵于俗而芜秽"。

牵：牵累。俗：世俗小人。芜秽：败坏、变质。　③上：指上天。考：考察。离：罹，遭受。殃：祸患。以上六句当写的是楚怀王客死他乡之后无所归依的灵魂。　④帝：天帝、上帝。巫阳：古代神话中的巫，亦见于《山海经·海内西经》。有人：有下界的人，这里指楚王。辅：帮助。　⑤魂魄：古人把人的精神叫做魂魄，它必须依托在躯壳中，如果离开了，人就活不了。筮（shì）：占卜。予之：这里指把魂魄找回来给他。　⑥掌梦：掌管占梦的巫。　⑦难从：难以听从。古代占梦和招魂的神职不同，巫阳是招魂之巫，所以这样说。若：如果。　⑧恐：恐怕。后：已经迟了。谢：凋零，这里指死亡。不能复用：再也没有作用了。

以上第一段，表招魂的缘起。

巫阳焉乃下招曰：	巫阳还是到下界四方呼唤：
魂兮归来①！	灵魂啊，回返吧！
去君之恒干，	为什么要离开自己的躯体，
何为四方些②？	为什么要跑到遥远异地？
舍君之乐处，	舍弃你安乐的国土，
而离彼不祥些③。	去遭受那无尽的不吉！
魂兮归来！	灵魂啊，归来吧！
东方不可以托些④！	东方之地不可以寄居啊。

长人千仞，   那里有千仞高的长人，

惟魂是索些⑤。   专门索要人的灵魂。

十日代出，   那里的太阳是十个并出，

流金铄石些⑥。   金属和石头都化为液体。

彼皆习之，   那里的人都习惯如此酷热，

魂往必释些⑦。   你的魂灵必定被烈日溶释。

归来归来！   回来吧，回来吧！

不可以托些⑧。   东方之地千万不可以停止！

魂兮归来！   灵魂啊，归来吧！

南方不可以止些⑨。   南方不可以寄居啊。

雕题黑齿，   那儿的人额上雕花弄黑牙齿，

得人肉以祀，   他们野蛮到竟用人肉来祭祀。

以其骨为醢些⑩。   还喜欢把人骨剁成肉酱来吃。

蝮蛇蓁蓁，   四处聚集着长满黑斑的毒蛇，

封狐千里些⑪。   硕大狐狸出没往来千里。

雄虺九首，   九个头的毒蛇，

往来儵忽，   飘忽往来忽现隐，

吞人以益其心些⑫。 专吃人来滋补心。

归来归来！   回来吧，回来吧！

不可以久淫些⑬。   千万不可久留南方之地！

【注释】

①焉乃：于是。此句说巫阳没有占著，直接招魂。　②恒干：魂魄依托的躯干。些（suò）：古代南方荆楚一带巫术咒语的语尾词。　③舍：舍弃。乐处：安乐的处所，这里指楚国。离：罹。不祥：不吉利。　④托：依托，寄托。　⑤长人：巨人。仞：古代七尺或八尺为一仞。惟魂是索：专门索取魂魄吃。⑥十日：古代东方有十日并出的神话，此处极言其地的酷热。代：更替，轮换。流金：熔化成流体的金属液。铄（shuò）石：熔化销毁的石头。　⑦彼：指巨人。习之：习惯了高温。释：消释、熔化。　⑧归来归来：一本作"归来兮"，下同。⑨止：停留。　⑩题：额角。黑齿：涂黑的牙齿。此为南方习俗。醢：肉酱。　⑪蝮蛇：毒蛇。蓁（zhēn）蓁：草木茂盛的样子。封狐千里：千里之地到处是凶恶的大狐狸。　⑫雄虺（huǐ）：凶恶的大毒蛇。益：滋补。　⑬久淫：淹留，长期的停留。此：语尾词。

魂兮归来！	灵魂啊，归来吧！
西方之害，	西方更是有害，
流沙千里些①。	那儿的流沙蔓延千里。
旋入雷渊，	旋转流坠入雷渊，
麋散而不可止些②。	一定要将人碾成碎粉才停止。

幸而得脱，	就算侥幸逃过，
其外旷宇些③。	也面临一片荒漠大地。
赤蚁若象，	红色的蚂蚁有象那样大，
玄蜂若壶些④。	黑色蜜蜂体大葫芦似。
五谷不生，	五谷杂粮从来不生长，
藜营是食些⑤。	食物用茅草来代替。
其土烂人，	土地腐烂人身体，
求水无所得些⑥。	想要一滴水都难寻觅。
彷徉无所倚，	飘飘荡荡没有地方可依靠，
广大无所极些⑦。	广大的土地没有边际。
归来归来！	回来吧，回来吧，
恐自遗贼些⑧。	不要自己害自己！
魂兮归来！	灵魂啊，归来吧！
北方不可以止些。	北方也不可以停息啊。
增冰峨峨，	层层的冰雪耸入云，
飞雪千里些⑨。	飞扬的雪花飘千里。
归来归来！	回来吧，回来吧，
不可以久些。	那里不可以久留！
魂兮归来！	灵魂啊，归来吧！
君无上天些。	千万不要上天啊！
虎豹九关，	九重天门虎豹来把守，

啄害下人些⑩。

它们都是吃人兽。

一夫九首，

有九个脑袋的巨人，

拔木九千些⑪。

一天拔的树木千数计。

豺狼从目，

凶恶的豺狼凸双眼，

往来侁侁些⑫。

许许多多来来又去去。

悬人以嬉，

把人吊起来当玩笑，

投之深渊些⑬；

把人扔到深渊作游戏。

致命于帝，

直到死去归天帝，

然后得瞑些⑭。

如此才能把眼闭。

归来归来！

回来吧，回来吧，

往恐危身些。

去了恐怕会危难自己！

魂兮归来！

灵魂啊，归来吧！

君无下此幽都些⑮。

千万不要到阴曹地府去啊！

土伯九约，

看门的土伯手持九矛，

其角觺觺些⑯。

它头角尖尖十分锐利。

敦脄血拇，

背肉隆起指爪染鲜血，

逐人駓駓些⑰。

快速追逐让人无处逃避。

参目虎首，

还有三只眼魔怪老虎头，

其身若牛些⑱，

身子壮得像猛牛，

此皆甘人⑲。

都是喜吃人肉的魔兽。

归来归来！

回来吧，回来吧，

恐自遗灾些。　　　　　不然恐怕会招祸灾！

【注释】

①流沙：沙漠地带的沙流动如水，故称流沙。　②雷渊：古代神话中的深渊。雷，指水旋转声音如雷。一说即今天新疆罗布泊，于阗河至此入地。靡（mí）：散、碎。　③旷宇：旷野。④赤蚁若象，玄蜂若壶：壶，葫芦。这两句说红蚂蚁大如象，大黑蜂像葫芦那么大。极言境况险恶。　⑤丛：同"丛"。菅（jiān）：一种茅草。　⑥烂：糜烂。　⑦彷徉（páng yáng）：游荡无定。　⑧遗（wèi）：给予。贼：害。　⑨增冰：冰山。增，同"层"。峨峨：高耸的样子。　⑩九关：天门有九重，每重有一关。啄害：残害。　⑪一夫：一人，应是指神话中的开明兽，据《山海经·海内西经》，此兽状似虎，九首人面。拔木九千：一下能拔九千棵树木，极言其力气之大。　⑫从目：眼睛突出向前，如三星堆铜人之眼。这样的眼睛视力极远。一说竖起眼睛。侁（shēn）侁：众多的样子。　⑬悬：倒挂起来。娭（xī）：游戏，玩乐。　⑭致命：请命。瞑：闭上眼睛，安息。　⑮幽都：阴间的都城。　⑯土伯：地府守门神。九约：约，通"稍"，稍即矛，九约即九矛，意思是土伯手持九矛，十分可怕。一说约，皮肉间的褶皱；九，言褶皱之多。觺（yí）觺：角尖锐的样子。　⑰敦脄（méi）：敦，厚；脄，背上的

肉。一说敦脄为地下魔怪。血拇：血染的大拇指。駓（pī）：跑得很快的样子。　⑱参：三。　⑲甘人：以人肉为甘美。

以上第二段，向四方及天地上下发出呼唤，招请魂灵回归。

魂兮归来！	灵魂啊，归来吧！
入修门些①。	进到高大城门来。
工祝招君，	神工鬼祝引领你，
背行先些②。	倒退行走做引导。
秦篝齐缕，	秦国灯笼系齐丝，
郑绵络些③。	郑国绵丝织灯罩。
招具该备，	招魂工具都齐备，
永啸呼些④。	长呼短唤把魂招。
魂兮归来！	亡魂啊，归来吧！
反故居些；	返回故园啊；
天地四方，	天地四方，
多贼奸些。	到处是恐怖害人怪。
像设君室，	你的画像摆房间，
静闲安些⑤。	静谧又安闲。
高堂邃宇，	高大厅堂幽深室，
槛层轩些⑥。	廊檐围绕层层栏。

层台累榭，	多重楼台造水榭，
临高山些⑦。	轩敞前临是高山。
网户朱缀，	门上网格缀红色，
刻方连些⑧。	菱形雕纹串串连。
冬有突厦，	冬时大屋能保暖，
夏室寒些⑨。	夏日房间可生寒。
川谷径复，	山川溪谷相环绕，
流潺湲些⑩。	水流动人声潺潺。
光风转蕙，	蕙风四溢风光好，
氾崇兰些⑪。	花香浮动溢丛兰。
经堂入奥，	经过厅堂入深室，
朱尘筵些⑫。	红色地幕铺竹席。
砥室翠翘，	石板为室翠羽翘，
挂曲琼些⑬。	精美玉钩挂墙壁。

【注释】

①修门：修长高大的门，指郢都的城门。　②工祝：祭祀中负责向神灵致词和转达神灵旨意的巫。招：招引。君：楚王。背行：倒退着走，古代表示恭敬的礼节。先：先导。　③秦篝（gōu）：招魂用的灯笼。产于秦地。齐缕：装饰灯笼用的线，产于齐地。绵络：细线织成的罩灯笼的网。　④招具：招魂用的

工具，指上文提到的篝、缕等。该备：齐备。永啸呼：长长地呼喊。　　⑤像：画像，招魂时要将死者的画像挂在堂中。

⑥邃：深幽。槛（jiàn）：用栏杆围着。层轩：层层的堂屋。

⑦层、累：重重叠叠。榭：建在台子上的亭子。临：对着。

⑧网户：带有网状格子的门。朱缀：用红的颜色涂在格子上。方连：连成串的菱形图案。　　⑨突（yào）厦：结构深邃的大屋。

⑩川谷：山川溪谷。径复：指川谷流水的曲折萦回。潺湲：流水声。　　⑪光风：阳光和风。转：摇动。崇兰：丛生的兰草。

⑫堂：厅堂。奥：屋的深处。朱尘：即红色的承尘，古代铺设在地上的幕布，犹如今天的红毯铺地。筵：竹席。　　⑬砥（dǐ）室：用磨平的石板铺就的房子。翠翘：翡翠鸟尾上的长羽，用来装饰堂宇。一说用来掸灰尘。曲琼：用美玉制成的钩，挂在墙上用来悬挂衣物帷帐。

翡翠珠被，	被绣翡翠与明珠，
烂齐光些①。	灿烂光芒齐斗艳。
蒻阿拂壁，	细软缯绵遮四壁，
罗帱张些②。	纱罗绸帐张屋间。
纂组绮缟，	五光十色丝织美，
结琦璜些③。	珍琦玉璜莹泽闪。
室中之观，	房间摆设多奇观，

多珍怪些④。　　　　　　奇珍异宝叹观止。

兰膏明烛，　　　　　　香脂华灯照白昼，

华容备些⑤。　　　　　　娇媚容颜一齐至。

二八侍宿，　　　　　　二八佳人陪伴君，

射递代些⑥。　　　　　　更替值夜分班次。

九侯淑女，　　　　　　来自各国美淑女，

多迅众些⑦。　　　　　　数目众多难估计。

盛鬋不同制，　　　　　浓密黑发型各异，

实满宫些⑧。　　　　　　充满宫室皆佳丽。

容态好比，　　　　　　仪态娇美不相让，

顺弥代些⑨。　　　　　　倾城美色盖世奇。

弱颜固植，　　　　　　娇柔面容苗条身，

謇其有意些⑩。　　　　　脉脉含情都钟情你。

【注释】

①翡翠：鸟名。雄为翡，雌为翠。又指一种矿石。这里是说被上绣着翡翠鸟。珠被：被上还缀着珠玉。齐光：鸟的色彩与珠光交相辉映。　　②蒻（ruò）：柔软。阿：细缯，丝织品。拂壁：张在墙上，即墙帷。罗：丝织品。帱（chóu）：帐子。　　③纂（zuǎn）：红色的丝带。组：杂色的丝带。绮：有花纹的绸子。缟（gǎo）：白色的丝织品。琦：美玉。璜：半圆形的玉。　　④观：

观看到的东西。珍怪：珍贵而奇异。　　⑤兰膏：泛有香气的油脂。烛：照耀。华容：华丽的容颜，指美人。　　⑥二八：十六个美女，古代乐舞八人为一列，二八即两列。一说指十六岁女孩。侍宿：伺候过夜。射：通"夜"，夜晚。递代：依次替换。⑦九侯：九代表多数，即众多诸侯。淑女：好女，指来自各诸侯国的美女。迅众：迅通"洵"，超出；迅众即超群出众。⑧盛鬋（jiǎn）：浓密的鬓发。制：发型的式样。实满：充满。⑨好比：比，并；好比即一样的好。顺：借作"洵"，确实，真的。弥代：举世无双。　　⑩弱颜：柔嫩的容颜。固植：侍立不去的意思。有意：含情脉脉。

姱容修态，	娇巧脸庞好仪态，
絙洞房些①。	洞房满是娇滴滴。
蛾眉曼睩，	弯弯细眉莹莹眼，
目腾光些②。	目光流转神采溢。
靡颜腻理，	细嫩面颊肤光滑，
遗视矊些③。	眼神流盼无限意。
离榭修幕，	离宫别馆房帐中，
侍君之闲些④。	美女伴君恣嬉戏。
翡帏翠帐，	翡翠鸟羽缀罗帐，
饰高堂些⑤。	高高华堂美装饰。

红壁沙版，	红色墙壁丹砂版，
玄玉梁些^⑥。	屋梁镶嵌黑色玉。
仰观刻桷，	仰看屋椽精雕刻，
画龙蛇些^⑦。	龙蛇飞动手工细。
坐堂伏槛，	坐在堂中身伏栏，
临曲池些^⑧。	下临曲池水波碧。
芙蓉始发，	荷花初开正娇娆，
杂芰荷些^⑨。	菱花相间映红颜。
紫茎屏风，	紫色水葵迎风摆，
文缘波些^⑩。	风吹水面起涟漪。
文异豹饰，	武士豹皮裁制衣，
侍陂陁些^⑪。	山坡山冈正警惕。
轩辌既低，	带窗篷车都已到，
步骑罗些^⑫。	步兵骑士列肃立。
兰薄户树，	丛丛兰花门前种，
琼木篱些^⑬。	琼枝玉树围作篱。
魂兮归来！	回来吧，回来吧！
何远为些^⑭？	远方怎比归故里？

【注释】

①婳：美好。修：好。緪（gèng）：原指绳索，此处指美女交错

周遍。洞房：即卧室。　②蛾眉：细长的眉毛。曼：柔美。睩（lù）：目光转动。腾光：指眼神明亮。　③靡、腻：都是细腻的意思。理：皮肤的纹理。遗（wèi）视：目光流转。睰（mián）：含情而视。　④离榭：宫外的台榭。修幕：长大的帷幕。侍：陪侍。闲：闲暇时光。　⑤翡帷翠帐：翡翠色的帷帐。一说绣着翡翠鸟的帷帐。　⑥红壁沙版：红泥涂的墙壁，丹砂涂的户板、栏杆板。玄玉梁：用黑色的玉装饰的屋梁。⑦桷（jué）：方的屋椽。　⑧伏槛：伏在栏杆上。　⑨芙蓉：荷花。杂：间杂，夹杂。芰荷：芰为菱花，荷即荷叶。此处与芙蓉对举，应专指菱。　⑩屏风：水葵，水生植物，其茎紫色。文：水纹。缘：因。　⑪文异豹饰：以豹皮为奇异装饰的武士。侍：侍卫。陂（bēi）：高坡。陀（tuó）：山冈。这两句是说，君主游园，有穿着豹饰的武侍在山坡上护卫。　⑫轩：有篷的车。辌（liáng）：有窗户的卧车。低：通"抵"，到达。步骑：步兵骑兵。罗：罗列，排列。　⑬兰薄：丛生的兰花。户树：户外种植的树木。琼木：玉树，指名贵的树。篱：围上篱笆。　⑭何远为些：即"远何为些"的倒文，意思是到远处去干什么。

室家遂宗，　　　　　家族乡里聚一起，
食多方些①。　　　　美食丰富又多样。

稻粢穱麦，	大米小米早熟麦，
挐黄粱些②。	掺入黄粱精米香。
大苦咸酸，	大苦大咸又大酸，
辛甘行些③。	甘苦杂陈任品尝。
肥牛之腱，	肥牛蹄筋仔细煮，
臑若芳些④。	绵软烂熟气味芳。
和酸若苦，	放入调料酸和苦，
陈吴羹些⑤。	再上吴羹风味汤。
胹鳖炮羔，	鳖龟煮熟羔羊烤，
有柘浆些⑥。	新榨蔗汁味为上。
鹄酸臇凫，	醋烹天鹅烧野鸭，
煎鸿鸧些⑦。	热油煎炸鸿和鸧。
露鸡臛蠵，	烹鸡纯炖大海龟，
厉而不爽些⑧。	肉味浓烈胃不伤。
粔籹蜜饵，	蜜米蒸出蜜糖糕，
有餦餭些⑨。	入口即溶有饴糖。
瑶浆蜜勺，	美酒调上一点蜜，
实羽觞些⑩。	装满酒杯传羽觞。
挫糟冻饮，	除去酒糟冬酿酒，
酎清凉些⑪。	入口醇醇真清凉。
华酌既陈，	陈列雕花纹酒斗，

有琼浆些⑫。　　　　　　　内装纯浓琼酒浆。

【注释】

①室家：家族。遂宗：当为"术宗"。术，古代街道称术；术宗即由街道连接的间里宗族。多方：多样。　②粢（zī）：稷的别名，小米。稌（zhuō）：一种早熟的麦。挐（rú）：掺杂。黄粱：一种味香的黄小米。　③大苦：味极苦。辛：辣味。甘：甜。行：用。　④腱（jiàn）：筋头肉。臑（ér）：煮烂。　⑤和：调和、调味。若：和、与。吴羹：吴人作的羹，当时名贵的羹汤。⑥聏（ér）：煮。炮：烤。柘（zhè）："蔗"字的假借，即甘蔗。⑦鹄（hú）酸：当为"酸鹄"之误，鹄，天鹅。臇（juǎn）：少汁的羹。凫（fú）：野鸭。鸿：雁。鸧（cāng）：水鸟名，像雁，苍黑色。　⑧露：一种烹饪方法。臛（huò）：不加菜，纯粹用汤来煮。蠵（xī）：大海龟。厉：烈、浓烈。不爽：不伤胃口。爽，差错。　⑨粔籹（jù nǔ）：用蜜和米面煎制出来的点心。蜜饵：蜜糖糕。餦餭（zhāng huáng）：一种甜点心，即饴糖。　⑩瑶浆：美酒。勺：通"酌"，代指酒。羽觞（shāng）：一种酒杯，鸟形状。　⑪挫：压榨。糟：酒糟。冻饮：冬天酿制的酒。酎（zhòu）：醇酒。　⑫华酌：豪华的酒宴。

归返故室，　　　　　　　灵魂赶快回故居，

敬而无妨些^①。	只有恭敬了无妨!
肴羞未通,	美味佳肴未上齐,
女乐罗些^②。	女乐歌舞已开场。
陈钟按鼓,	钟架摆好鼓已敲,
造新歌些^③。	新制歌唱声悠扬。
涉江采菱,	《涉江》与《采菱》,
发扬荷些^④。	《扬荷》高歌唱,
美人既醉,	美人个个都沉醉,
朱颜酡些^⑤。	酒晕泛红娇容颜。
娭光眇视,	美目动人是斜睇,
目曾波些^⑥。	微眇眸光波闪闪。
被文服纤,	披琦绣衣轻罗细,
丽而不奇些^⑦。	华丽大方不怪诞。
长发曼鬋,	漆黑头发长鬓角,
艳陆离些^⑧。	光彩艳丽如神仙。
二八齐容,	十六佳人服饰一,
起郑舞些^⑨。	郑地舞步起翩跹。
衽若交竿,	衫襟交错似纤竹,
抚案下些^⑩。	舞罢手足徐徐敛。
竽瑟狂会,	竽瑟并作竞相吹,
搷鸣鼓些^⑪。	鼓手填填敲鼓点。

宫庭震惊，	雄壮音乐摇堂屋，
发激楚些[12]。	《激楚》之曲响宫殿。
吴歈蔡讴，	吴国歌曲蔡地谣，
奏大吕些[13]。	奏起大吕声飞旋。
士女杂坐，	男士女子夹杂坐，
乱而不分些[14]。	威仪礼法全抛闪。
放陈组缨，	解下冠缨松束带，
班其相纷些[15]。	散落拉杂成一片。
郑卫妖玩，	郑国卫国妖冶物，
来杂陈些[16]。	纷然杂陈充华筵。
激楚之结，	演奏《激楚》作尾声，
独秀先些[17]。	精彩出众真不凡。

【注释】

①敬：受到尊敬。妨：害。　②肴羞：羞，通"馐"；肴羞，鲜美的菜肴。未通：即未遍，指肴馐还没上齐。　③陈钟：陈设乐钟。按鼓：击鼓。造：创作。　④涉江、采菱、扬荷：都是楚地的乐曲名。发：发声，歌唱。　⑤酡（tuó）：酒醉之后的红润面容。　⑥娭光：娭为"睐"的错字，眼睐发出的光芒。眇视：偷着看。目曾波：眼神流转，如同层层水波；曾，通"层"。　⑦文：指有花纹的衣裳。服：穿着。纤：指纤细柔软

的丝织衣裳。不奇：大方，不奇形怪状。　　⑧曼鬋：长长的鬓发。陆离：光彩照人。　　⑨齐容：相同的服饰。郑舞：来自郑国的舞蹈。　　⑩若交竿：舞女们曼舞回旋，衣襟如同交叉的竹竿。抚案：即收敛，舞毕收敛手足徐徐而退。案，按。下：退下。　　⑪竽、瑟：都是乐器名。狂会：不同的乐器交相演奏。搷（tián）："填"字的假借，形容鼓声。　　⑫激楚：楚地的乐曲，音调激昂。　　⑬吴歈（yú）蔡讴（ōu）：吴、蔡都是春秋时的国名；歈、讴都是曲调的意思。大吕：乐调名，六律之一。　　⑭这两句是说，男女杂坐，不分礼节。　　⑮放陈：即放散。组缨：衣带和帽缨。班：坐次。纷：杂乱。　　⑯妖玩：新奇的节目。一说指美女。　　⑰结：结尾，尾声。秀、先：都是出色的意思。

菎蔽象棋，	玉制筹码象牙棋，
有六簙些①。	六簙对弈堪休闲。
分曹并进，	分成两组相竞进，
遒相迫些②。	对手之间争斗酣。
成枭而牟，	走成枭棋赢筹码，
呼五白些③。	大呼"五白"叫声喧。
晋制犀比，	晋造犀比赌具好，
费白日些④。	一玩上瘾度全天。

铿钟摇虡，　　　　　　敲钟摇动挂钟架，

揳梓瑟些⑤。　　　　　手指拨动梓瑟弦。

娱酒不废，　　　　　　欢乐沉醉无休止，

沉日夜些⑥。　　　　　日以继夜总沉湎。

兰膏明烛，　　　　　　香兰脂膏做成烛，

华镫错些⑦；　　　　　华彩灯光照房间。

结撰至思，　　　　　　竭尽心志来构思，

兰芳假些⑧。　　　　　辞藻华美好诗篇。

人有所极，　　　　　　人人极尽情之思，

同心赋些⑨。　　　　　同赋诗章联成篇。

酌饮尽欢，　　　　　　开怀畅饮纵情乐，

乐先故些⑩。　　　　　故旧新朋皆如愿。

魂兮归来，　　　　　　灵魂啊，归来吧！

反故居些！　　　　　　回到宁静安详旧家园！

【注释】

①菎："琨"字的假借，玉的一种。蔽：字应作"箴"，下棋的竹制筹码。象棋：象牙做的棋子。六簙（bó）：又叫六博，古代的一种棋，用六个筹码十二个棋子，每人掌握六个棋子，两人对下，以决胜负。　　②曹：伙伴。逮：急迫。相迫：相逼迫。　　③这两句是写弈棋时双方争胜的情景。先秦时代的簙法

已经失传，不可确考。据推测，二人对棋时，掷骰成彩，才得走棋，棋子走到一定的方位，便竖起来，叫做枭棋。双方的枭棋相对叫牟。五白：指五颗骰子形成的特彩，掷得五白便可以杀对方的枭棋，所以下棋的人在得到"五白"时大呼小叫。　　④晋制：晋地制造的赌博器具。犀比：赌胜负的彩注。这两句是说，除六博之外，还有晋制犀比的赌博，很费时间，一玩就是一天。⑤铿（kēng）：撞击。虡（jù）：挂钟的木架。摖（jiá）：弹奏。梓瑟：梓木做的瑟。　　⑥娱酒：饮酒作乐。废：停止。沉：沉溺的意思。　　⑦华镫：镫即灯，华镫即华美的灯具。错：错落。　　⑧结撰：构思诗文。至思：尽心思考。兰芳：形容诗篇辞藻之美。假：即嘉，美好的。　　⑨人有所极：人人都竭尽所能。赋：赋诗。　　⑩先故：故旧。

　　以上第三段，渲染楚国宫室、台榭、美女、饮食、歌舞以及游戏的美好，以招引死者魂魄的安居。实为汉大赋铺陈艺术的先声。

乱曰：	尾声：
献岁发春兮，	新年伊始春天到，
汩吾南征①，	我急急忙忙往南奔，
绿蘋齐叶兮白芷生②。	绿蘋齐生新叶白芷嫩。
路贯庐江兮左长薄③，	穿越过庐江旁的茂树林，

倚沼畦瀛兮遥望博④。 　　沿沼泽水田遥望旷无垠。

青骊结驷兮齐千乘⑤， 　　青马黑马齐驾车千乘，

悬火延起兮玄颜烝⑥。 　　燃起林火黑烟腾。

步及骤处兮诱骋先⑦， 　　随向导行追奔停捕猎竟驰骋。

抑骛若通兮引车右还⑧。 　　或停或驰行止如意引转车头往右行。

与王趋梦兮课后先⑨， 　　随君王狩猎梦泽要比出个先后，

君王亲发兮惮青兕⑩， 　　王射幼兕亲自张大弓。

朱明承夜兮时不可以淹⑪。 　　日与夜轮流交替啊时光前行不可停。

皋兰被径兮斯路渐⑫， 　　高地兰草已把道路侵，

湛湛江水兮上有枫⑬。 　　江水湛湛倒映红枫林。

目极千里兮伤春心⑭， 　　千里春光眼望多伤情，

魂兮归来哀江南⑮！ 　　魂灵回归啊哀婉动人江南景！

【注释】

①献岁：进入新的一年。献，进。发春：开春。汩（yù）：走路很快的样子。吾：楚怀王之魂，受招而南来。南征：南行。

②蓣（pín）：水草。齐叶：叶子长得齐。白芷：香草。　　③贯：通，穿过。庐江：地名，即今湖北襄阳宜城界内的潼水。怀王死于北方，其魂归南楚要经过此江。长薄：草木丛生的大泽。这两句是承"南征"而言，由北向南，循着水路前进，水的两边，向右有一条可以贯通庐江的横路，左边是林薄相依的大泽。

④倚：靠近。沼：水塘。畦：成块的田。瀛（yíng）：大泽。博：广阔无边，指旷野。　　⑤青：青色的马。骊：黑色的马。驷：四匹马，古代由四匹马驾一辆车。齐千乘：千乘齐发，古代一辆车叫一乘。此句以下，写怀王魂灵归楚后，为招待他（魂灵）而举行盛大的射猎活动。　　⑥悬火：古代打猎时焚烧林泽驱赶动物。延起：火焰绵延。玄颜：黑色的烟气。烝：火气上升。

⑦步：步行。及：追赶。骤：奔驰。处：留处。这一句是四字并列的结构，用四个动词描述猎场的情景。诱：引导，这里指向导。骋先：驰骋于先。　　⑧抑：发语词。骛：奔驰。若：顺。通：通畅。这句是描写打猎者进止自如。右还：向右转。　　⑨王：指楚怀王。趋：急走。梦：梦泽，即云梦泽，古代湖名。课：考察。后先：谁先谁后。古代狩猎要考核成绩，以其优劣作为选拔士卒的标准。此句这样说，是表明怀王魂灵已经在召呼下返回。　　⑩亲发：亲自射击。惮（dàn）：小心，戒惕。据记载，楚国有一种迷信，射杀幼兕的人不出三月也会丧命，此句是提醒君王亲自射杀猎物时遇到青兕要小心。一说，惮为"殚"字的假借，击毙的意思。青兕（sì）：古代犀牛一样的野兽；青兕即幼兕。　　⑪朱明：太阳。承：承接。淹：久留。这两句是说时光过得很快。　　⑫皋兰：水边生的兰草。被：覆盖。渐：淹没。　　⑬湛（zhàn）湛：水清的样子。一说水深。这两句是说，时间流逝很快有催促怀王魂归之意。　　⑭伤春心：看见春

色而使内心更加伤悲。　　⑮哀江南：可悲哀的江南。"皋兰"以下几句都是怀王魂灵的眼中光景和心中情感。

以上为第四段，先写怀王之魂的南归，继而言与怀王射猎，是对怀王亡魂的款待。

【评析】

此篇作品在篇章体制上无疑遵循了楚地招魂的习俗，即外陈四方之恶，内崇楚国之美。在这样的规矩下，诗以夸张之调渲染了四方的险恶；以生花之笔，铺陈了楚国的宫室亭台、歌舞声乐以及美食、美女的奢华等等。后一点，在正统之士看来有些刺眼，如刘勰在其《文心雕龙·辨骚》中就以"诡异"、"谲怪"讥刺此篇之铺叙，以"荒淫之意"斥责此篇之内容。其实，"诡异"、"谲怪"正是此篇的语言和风调上的特点；至于"荒淫"的指责，也是无视"招魂"的修辞策略才有的偏见。当然无意间也暴露了楚国上层生活的奢靡，但不是诗人的目的。同理，自来也颇有一些学者将篇中奢华场景的描述，视为作家的"讽谏"看法，也未免求之过深。诗篇给人印象深刻的是四方与楚国对比的分明；还有，就是篇章开头、结尾部分与中间情绪颇显激扬的描述之间，是有着节奏上的缓急差别的，这也形成了对比。最后两句"哀江南"的句子，更是凄美无比，令人过目成诵。

吊屈原赋

　　《吊屈原赋》，西汉贾谊所作。汉景帝时贾谊曾为太中大夫，受到当时一批老臣的排挤，外放为长沙王的太傅。渡过湘水时，有感于自己与屈原相似遭遇而作《吊屈原赋》。赋中作者在伤悼屈原的同时，也对这位前辈的不忍离开楚国表示了不理解。可能是因为这一点，东汉王逸《楚辞章句》不选，到南宋时朱熹作《楚辞集注》才将其补入。

恭承嘉惠兮俟罪长沙，　　敬受皇帝恩惠令我待罪长沙，
仄闻屈原兮自湛汨罗，　　闻说屈原自沉在汨罗，
造托湘流兮敬吊先生①。　　特意托湘水悼祭先生。
遭世罔极兮乃陨厥身，　　遇上这无准则时代就丧命，
呜呼哀哉逢时不祥②！　　呜呼哀哉遭遇的世道真叫凶！
鸾凤伏窜兮鸱枭翱翔。　　凤凰隐匿啊鸱枭在翱翔。
阘茸尊显兮谗谀得志，　　造谣谄媚让奸小们显赫得志，
贤圣逆曳兮方正倒植③。　　贤圣境遇不顺方正被倒置。
谓随夷溷兮谓跖蹻廉，　　说随、夷昏庸盗跖庄蹻廉，
莫邪为钝兮铅刀为铦④。　　说莫邪剑钝铅刀才锋利光闪闪。
于嗟默默生之亡故兮，　　叹息这昏聩世道先生无辜，
斡弃周鼎宝康瓠兮⑤。　　抛弃周鼎反把破瓦盆当宝贝。
腾驾罢牛骖蹇驴兮，　　让疲牛驾车让瘸驴拉套，
骥垂两耳服盐车兮⑥。　　让骏马负重盐车累得两耳垂。
章父荐屦渐不可久兮，　　把礼帽垫鞋底很快会磨烂，
嗟苦先生独离此咎兮⑦！　　悲叹先生偏偏独遭此灾难！

【注释】

①恭承：敬受，承受。嘉惠：恩惠，指皇帝的指令。俟罪：待罪。贾谊由于被贬至长沙，所以说俟罪。仄闻：即传闻。仄，通"侧"，是一种谦虚的说法。湛：沉。汨（mì）罗：水名，发源于

湖南、江西交界山地，流经湖南东北部入洞庭湖。造：往，到。敬吊：恭敬地凭吊。　　②罔（wǎng）极：变化无常。陨（yǔn）：同"殒"，牺牲。厥：其，他的。　　③伏窜：隐藏。鸱枭（chī xiāo）：即猫头鹰。古人认为它是不祥之鸟。阘茸（tà róng）：细小而杂乱的样子，这里指没有才能的小人。尊显：尊贵，显要。谗谀：专门诽谤谄媚的小人。逆曳（yè）：不顺的意思。方正：指正直的人。倒植：即倒置。　　④随：卞随，夏代的贤者。《史记·伯夷列传》记载，商灭夏以后，要把天下让给他，他不接受，结果投水自杀。夷：伯夷，殷代的贤士，孤竹国君的长子，因为反对周武王灭殷，不食周粟而饿死。溷（hùn）：混浊。跖（zhí）：即盗跖。蹻（jiǎo）：即庄蹻。前者为春秋鲁国人，后者为战国楚国人，都是古人眼中的江洋大盗。莫邪：吴国制造的名剑。铅刀：铅制的刀，不锋利。铦（xiān）：锋利。　　⑤于嗟：吁嗟，感叹词。默默：昏聩的样子。生：先生的略称，指屈原。亡故：无故遭祸；亡，通"无"，故，即"辜"。斡（wò）弃：斡，转；斡弃，转而抛弃。周鼎：周朝的宝鼎。康瓠（hù）：即葫芦瓢；康，空。　　⑥腾：飞奔。罢（pí）：疲。骖：用作动词，在两边拉车。蹇驴：瘸腿驴。骥：骏马。垂两耳：形容乏力的样子。服：驾车。盐车：载盐的车。骏马善跑，却让它负重盐车，是屈才的意思。　　⑦章父：即章甫，殷代式样的冠。荐：垫。屦（jù）：用麻做的鞋。渐：消损。帽子原应戴在头上，可是却用它来垫脚。比喻上下颠倒，贤愚倒置。苦：使先生受苦。离：遭遇。咎：罪，苦难。

讠乱曰：	尾声：
已矣！	算了吧！
国其莫吾知兮，	国家没人能了解我，
子独壹郁其谁语① ？	你一个人郁闷又能对谁说？
凤缥缥其高逝兮，	凤凰飘飘高飞远去，
夫固自引而远去②。	本就该避开去远行。
袭九渊之神龙兮，	藏在深渊中的神龙，
沕渊潜以自珍③。	潜藏勿见是要自我珍重。
偭蟂獭以隐处兮，	远离蟂獭隐居深渊里，
夫岂从虾与蛭蟥④？	又岂能与蚂蟥蛭蚓相过从！
所贵圣之神德兮，	圣贤的神德最可贵，
远浊世而自臧⑤。	避开浊世自己去独善。
使麒麟可系而羁兮，	假使麒麟也可以捆起来，
岂云异夫犬羊⑥？	那怎会与猎狗绵羊不一般？
般纷纷其离此邮兮，	遭遇这些乱七八糟的祸乱，
亦夫子之故也⑦！	也要从您自己身上找因缘。
历九州而相其君兮，	应该走遍九州后再选择君主，
何必怀此都也⑧？	又何必苦苦系念这楚国都？

凤凰翔于千仞兮，	凤凰高飞千仞上，
览德辉而下之⑨；	看见德政光辉才肯降落。
见细德之险征兮，	看见险恶征象出苗头，
遥增击而去之⑩。	马上振翅高飞远远躲。
彼寻常之污渎兮，	一丈来长的窄水沟，
岂容吞舟之鱼⑪！	哪容得下吞舟的大鱼？
横江湖之鳣鲸兮，	江湖中横行的鳣鱼和鲸鱼，
固将制乎蝼蚁⑫。	沦落水沟当然要受蝼蚁欺！

【注释】

①讯（suì）曰：即《离骚》之"乱曰"，尾声。《史记》作"讯曰"。已矣：罢了。莫吾知：是"莫知吾"的倒装，没有人知道我。子：指屈原。壹郁：郁闷烦恼。 ②缥缥：字同"飘飘"，轻快飞翔的样子。高逝：高飞而去。引：一作"缩"，躲避的意思。 ③袭：深藏。九渊：深渊。泌（mì）：深藏的样子。渊：一本作"深"。潜：潜伏。自珍：自我珍爱。 ④伣（miǎn）：背弃。蟂獭（xiāo tǎ）：都是食鱼的水生动物。蛭（zhì）：蚂蟥。蟥（yǐn）：蚯蚓。 ⑤神德：非凡的德操。自藏：独善其身的意思。 ⑥使：假使。麒麟：古代传说中的一种动物，形状似鹿头上有角，全身有鳞甲，有尾，是瑞兽。系、羁：束缚。

⑦般：通"斑"。斑，纷纷，纷乱的样子。离：罹，遭遇。邮：通"尤"，罪过。夫子：指屈原。　⑧历：经历。此都：指郢都，亦即楚国。　⑨仞：八尺为仞。德辉：有德行的美誉。⑩细德：苛细的行为，即小人之行。险征：险恶的征象。遥：即摇。增翮（hé）：增，同"层"；翮，翅膀；摇层翮即摆动翅膀飞走。　⑪寻常：八尺为寻，十六尺为常。污：积水。渎（dú）：小水沟。吞舟之鱼：能吞下舟船的鱼，即特大的鱼。　⑫横：横行。鳣（zhān）：鳇鱼，无鳞，长四五米。鲸：鲸鱼。《史记》录此赋字作"鱏（xún）"。制：受摆布。蝼：蝼蛄。

【评析】

屈原的遭遇在后代士人群体中引起了持久的共鸣，此篇即是这样共鸣的篇章。篇章可以分为两部分，前半部分简述屈原的遭遇，后半部分则表达自己对屈原遭遇的理解。表面看，贾谊以为屈原的最终自杀是不高明的，他应该像凤凰那样高举远行，否则就只有被蝼蚁制服了。这其中龙的"沕渊潜以自珍"之句，更像是贾谊以龙的能屈能伸、可用可藏，对屈原不肯离开楚国的固执表达批评。其实这不过是一种故作跌宕的修辞手法，其真意不过是说，在政治浑浊的世界，一个人的死亡根本就是白白牺牲，没有谁会在意的。如此，后半部分对屈原的不以为然，就可能是作品表达情感的一种特殊方式，即所谓说"风凉话"。其实是对屈原特别是作者自己所处世界愤激无奈之情另种表达的腔调而已。
诗篇以相对短小的篇幅表现深厚的情感，体制上是出了新的。

招隐士

　　《招隐士》，西汉淮南小山作。淮南王刘安广招门客，这些人或为其写作篇章，或为其制作辞赋；有的称为小山，有的称为大山。此赋即"小山之徒"所作，具体何人，已经无从考察了。关于篇章题旨，有两说较为可取：一说是为淮南王刘安招纳那些山中隐士的，一说是淮南王刘安为争夺西汉皇位继承权去京城活动，他的门客招他返回的。

桂树丛生兮山之幽，	深山幽处丛丛生桂树，
偃蹇连蜷兮枝相缭①。	卷曲牵连枝叶相纠缠。
山气茏苁兮石嵯峨，	山石嵯峨郁郁云气山头缭绕。
溪谷崭岩兮水曾波②。	溪水撞击岩石激起层层波涛。
猿狖群啸兮虎豹嗥，	猿狖聚吼虎豹在长啸，
攀援桂枝兮聊淹留③？	攀桂枝是否只是暂停留？
王孙游兮不归，	王孙进山久不归，
春草生兮萋萋④。	如今山外到处是芳草。
岁暮兮不自聊，	一年将尽山居应无聊，
蟪蛄鸣兮啾啾⑤。	蟪蛄哀声也在啾啾叫。
坱兮轧，山曲岪，	山势不平，山路曲折，
心淹留兮恫慌忽⑥。	想到居此神思恍惚心不安。
罔兮沕，憭兮栗，	恍惚颤抖啊，
虎豹穴⑦。	这是虎豹的穴居。
丛薄深林兮，	幽密深林杂草生，
人上栗⑧。	登此如何不恐惧！

【注释】

①桂树：桂花树。以桂树的芳香比喻隐士的高洁。山之幽：山的幽隐之处。偃蹇：桂树曲折的样子。连蜷（quán）：一作连卷，树枝盘曲的样子。缭：纠结缠绕。　②山气：山中云雾之气。

茏苁（lóng zōng）：山气浓郁的样子。嵯峨（cuó é）：山势高峻的样子。溪谷：山涧。崭岩：同"巉岩"，山石险峻。曾：即层，层波，水势湍急层叠的样子。　③狖（yòu）：一种黑色的长尾猿。聊：姑且。淹留：停留，滞留。　④王孙：对人的尊称，与公子、君子的意思相近，此处指文中所招之隐士。萋（qī）萋：草茂盛的样子。　⑤岁暮：一年到了尽头，表示时序渐晚。不自聊：即无聊。蟪蛄（huì gū）：蝼蛄，昆虫的一种，秋天鸣叫。　⑥坱轧（yǎng yà）：地势高低不平的样子。曲弗（fú）：山势曲折的样子。恫（dòng）：恐惧。慌忽：同"恍惚"，心神迷离不安的样子。　⑦罔沕（wǎng wù）：惘惚，忧愁。憭（liáo）栗：心中恐惧；栗，战栗。穴：穴居。　⑧丛薄：草木丛生之处。人上栗：人登上此山就会战栗。

欶岑碕砾兮硱磳磈硊，	怪石嶙峋高低不平阴森森，
树轮相纠兮林木茷骫①。	树木缠结枝干盘曲丫叉叉。
青莎杂树兮薠草靃靡，	青莎草杂生薠草随风披；
白鹿麏麚兮或腾或倚②。	白鹿獐子雌雄夹杂跳或倚。
状皃崯崯兮峨峨，	状貌峨峨又峥嵘，
凄凄兮漇漇③。	毛色幽幽又漆漆。
狖猕兮熊罴，	猕猴啊熊罴，
慕类兮以悲④。	各唤同类声悲摧。

攀援桂枝兮聊淹留。　　攀援着桂枝只能姑且住！

虎豹斗兮熊罴咆，　　　虎豹搏斗啊熊罴哮，

禽兽骇兮亡其曹⑤。　　　禽兽惊恐失群逃。

王孙兮归来，　　　　　王孙啊，归来哟，

山中兮不可以久留⑥。　山中啊实在不宜久留！

【注释】

①嵚（qīn）岑：一作嵚崟（yín）：山高而险的样子。碕砺（qí yǐ）：山石高危貌。硱磳（jūn zēng）：高耸的样子。磈硊（wěi wěi）：山石高险。此句极言山中环境之险恶。树轮：轮，盘曲，树轮即树干曲折互相纠结。茷骫（bá wěi）：枝叶茂盛盘曲的样子，联绵词。　②莎（suō）：多年生草本植物，开黄褐色小花。树：竖立。蒛（fán）：草名，似莎而大。霍靡（huò mí）：草随风披拂的样子。麏（jūn）：獐子。麚（jiā）：雄鹿。倚：倚靠着（休息）。　③皃（mào）：同"貌"。崟（yín）崟、峨（é）峨：均指高耸的样子。凄凄、漇（xǐ）漇：毛色光润的样子。④猕（mí）猴：猴子的一种。罴（pí）：熊的一种。慕类以悲：野兽悲鸣以呼唤同类。　⑤咆（páo）：猛兽怒吼。骇（hài）：惧怕。亡：失。曹：类。"亡其曹"即禽兽因受惊奔散而失群的意思。　⑥"王孙"两句：召唤隐士早日归来。

【评析】

　　此篇的主题是召唤那些山中隐士回来，为此作者将笔触重点放在描绘渲染山中之境的奇崛险恶、不宜人居之上，而山中的艰危与笔法的惊警奇倔是相得益彰的。其中，多用联绵字突出山中令人惊悚的光景，也收到了很好的效果。全篇气象雄奥，颇能突破屈、宋旧体而别出新调，有相当高的成就。

《国民阅读经典》（平装）书目